下堂妻幫夫改命 上

文創風 1122

樂然 著

目錄

序文

樂然

因為自身的關係，有一段時間是在家中沒有工作。沒有工作就沒有收入，內心是有些慌張不安，每天都有一定程度的焦慮。

想了許久自己能幹些什麼，每天都在各種不同的社交媒體上看關於兼職的事務，也是在這一段時間，讓我看到了寫作。

我本人是一個非常喜歡看小說的人，可以說我的生活除了小說，其他的興趣愛好非常少。之前有一段時間想要寫作，又礙於種種原因，擔心自己文筆不好，擔心自己堅持不下去，遲遲沒有動筆。沒工作的這段時間算是給自己一個展開寫作的機會。

寫小說對於我本人來說還是非常難的，這套書是我人生中第一個作品，從最開始一點一滴構思，到最後的完本，中途有無數次想要放棄，但都堅持下來了。

說來也好笑，小說沒有人看的時候，日更能夠點亮一朵小紅花，而我就靠著網站上的日更小紅花堅持下去，因為不想小紅花少了一朵，希望看到每一天的小紅花亮起來。後來慢慢有粉絲喜歡我的作品，他們給我鼓勵和支持，會問：「今天更新嗎？」他們讓我看到筆下的故事是有價值、有意義的。

因為不想讓他們失望，所以我堅持寫下去。

最初構思這個故事時，因為我很迷戀這一類型的小說，一般都是女主隨著男主去流放，而在流放過程中，他們吃盡苦頭。因此我就想寫一本不一樣的書，女主穿越，她並不是自願跟著男主去流放，但是迫於形勢不得不跟隨，在流放中幫助男主和男主一家活下去，而他們也產生感情。

在寫這本書的過程中，書中人物得到了治癒，我也得到了治癒。我其實是一個三分鐘熱度的人，寫小說是人生中堅持最長時間的事情，也希望大家能夠找到自己熱愛的事情並為之堅持。

第一章

程稚清還沒張開眼，就聽到敲鑼打鼓、喇叭加嗩吶的聲音。

怎麼回事？怎麼在醫院還大聲喧譁？沒有人管一管嗎！

她努力張開眼，看到眼前被一塊什麼東西遮住了，便伸手將頭上的東西扯下，映入滿眼的紅。

突然她大腦一陣劇烈疼痛，眼前閃過一幕幕不屬於她的記憶。

程稚清欲哭無淚，只不過救了一個快被車撞到的小孩，怎麼好心還沒得到好報，把自己弄到這個地方來了？

也不知原主到底造了什麼孽，剛重生不到一天就嗝屁了，她就來了。

「小姐，該下轎了，吉時要到了。」喜娘站在轎子旁輕聲提醒道。

「啊，好。」聽到轎子外喧鬧的聲音和喜娘的提醒，程稚清回過神來，拿過一旁的紅蓋頭重新放在頭上，輕輕嘆了一口氣，這才準備下轎。

程稚清被人攙扶著下轎，直到拜完天地，被人攙扶著坐在喜床上，才不得不相信自己穿越了，穿到了大魏國，一個歷史上沒有的朝代，穿到了這個與她同名同姓的小姑娘身上。

外面傳來一陣喧譁，程稚清掀開蓋頭看見房門被迅速撞開。

有一個丫鬟連跌帶爬地跑進來，說話間聲音止不住發抖。「少夫人，外面突然闖入一大批錦衣衛，還有一個公公說是要我們府上的人全都出去接旨。」

按照原主記憶，應該是皇帝以通敵賣國、貪墨軍餉的名義，派了錦衣衛把鎮國公府一家關押詔獄，隨後抄家流放。

關押前，晏承平心中知曉鎮國公府功高震主，深得民心，皇上既然出手就不會輕易放過他們，於是與原主和離，以免連累原主。

他的弟弟晏承安則被大丫鬟暗中掉包，送出府託付原主撫養，其餘晏家人則在流放途中一個個淒慘死去，最後只剩晏承平一人。

程稚清心想，應該是皇帝派的人馬來了，面上卻不動聲色地說：「那就走吧！」

程稚清到了前院，就聽見為首的公公嗓音尖亮地說道：「聖上有旨，無關人員速速離去！刀劍無眼，到時候傷著，莫怪咱家。」

眾人一聽趕忙紛紛告辭，生怕晚了一步牽連自己。

鎮國公晏瀚海看著眼前的一幕，皺了皺眉頭，壓抑著怒氣問道：「德公公，今日是我府上大喜之日，公公帶著一隊人馬到我府上做甚？」

那太監一擺手中的拂塵，陰陽怪氣道：「國公爺，今天怕是辦不成喜事了。您府上的大老爺可謂對聖上忠心耿耿啊，不忍看您一錯再錯，向聖上舉發您通敵賣國，貪墨軍餉。」

晏瀚海神情嚴肅，不怒自威，他不肯相信兒子居然會陷害鎮國公府。

「怎麼可能？他人呢？你讓他出來，你是不是把他怎麼樣了？」

「真難為國公爺還有一顆慈父心腸。阮老爺您還在看什麼？還不出來說清楚，免得國公爺誤會咱家冤枉您。」

大老爺阮弘方緩緩從禁軍身後走出來，一臉痛心地對鎮國公說道：「爹，您就認了吧！那天我都聽到您與二弟的談話了，我是真的不忍看您一錯再錯，您收手吧！」

國公夫人白舒雲捂著胸口對阮弘方呵道：「阮弘方，我鎮國公府哪裡對不起你，你竟然要如此構陷我們？」

白舒雲陪著晏瀚海從貧苦的農家小子到現在的鎮國公，兩人共有三個兒子，一個養子，少年夫妻感情甚好。

晏瀚海用手指著養子阮弘方，當年阮父戰死沙場，自己一時仁慈收養了這個遺孤，沒想到……

晏瀚海氣到說不出話來，手指也止不住顫抖，他深吸了幾口氣，對著白舒雲說道：「罷了，夫人，沒想到我晏瀚海竟然老了，還被人擺了一道。養了一個白眼狼啊！」

德公公慢悠悠地說道：「國公爺不必多言。」緊接著對著身後之人說：「搜！」

錦衣衛立刻分成幾個小隊向府中衝去。

程稚清看著此番場景，一時忍不住疑惑。

這個阮弘方是誰？她一點都沒有關於他的印象。

難不成是自己穿越引發了不可知的蝴蝶效應？還是說原主根本就沒有注意過這個人？

正當程稚清還在思索，便聽到一聲。「報！」

不遠處迎面跑來一個士兵，手裡還拿著信紙，跑到德公公身前彎下腰，兩手將信紙呈上。「回公公，在書房搜到通敵賣國和貪墨軍餉的帳冊。」

德公公對著晏瀚海譏笑道：「看看。」拿過士兵手裡的帳冊和信紙，在晏瀚海面前晃了晃。「這不就是證據嗎？來人，給我拿下！」

晏承平身穿大紅喜服站在那兒，神色晦暗了幾分，靜靜地看著發生的一切。

他知道鎮國公府怕是沒有活路了。

皇上忌憚鎮國公府功高震主，百姓皆知鎮國公府，感恩鎮國公保家衛國，卻不知曉皇帝。

皇帝深怕一個不小心這龍椅上的人就換了一個姓，恨不得早日對鎮國公除之後快。

只是沒想到大伯早就和皇帝勾結在一起，動手如此之快。

選在今日他大婚，府中防守最為鬆懈的一天，下人們也不會防著府中大老爺。

阮弘方趁今天藏點東西也輕鬆，原來剛才一直沒有看到他，是藉機去書房放假證據了。

「等等，我要與禮部侍郎之女程稚清和離，她剛嫁進來什麼也不知道。」

程稚清看向晏承平，只見他看著德公公，面色沈靜，眼尾蘊含冷意，薄唇緊抿，似乎並不在意他們馬上就要被關押。

在原主的記憶中，晏承平是個名動京城的風雲人物——十四歲隨父晏修遠出征，因副將謊報軍情導致軍隊陷入困境，而他單槍匹馬衝進敵軍拿下敵軍首領人頭，扭轉局面，從此聲名大噪。

他願與她成婚，不過是為了回報當年她母親的報命之恩罷了。

可是前世的他歷盡千辛萬苦回到京城尋找弟弟晏承安，才得知弟弟生前被原主虐待，早在幾年前就身亡了，且屍首隨意被丟到亂葬崗，便徹底黑化。

晏承平派人將原主做成人彘，放於大缸中夜夜同眠，日日折磨，讓原主看著他一步步奪了皇位，處理一個又一個仇人，讓天下為他鎮國公府陪葬。

晏承平就這樣成為一個冷酷無情的暴君，他奪得帝位不過一年，邊疆戰事頻仍，他任由敵國打入京城，自己則前往鎮國公府，放了一把火，在這個從小長大的地方一塊兒化為灰燼。原主則因為沒有人在意活活餓死。

程稚清想到被做成人彘，莫名打了一個寒顫。

德公公看向程稚清，突然想到她的父親程明知——最近風頭很盛，是禮部尚書的有力人選，不妨賣他一個人情。

「哦？二公子還真是有心。」隨即問程稚清。「程小姐不知可願和離？您與府中其餘人不一樣，今日才入門，想必應是不知此事。」

程稚清看向鎮國公府眾人，他們臉上雖有茫然，卻沒有害怕之色，她緩緩點頭。「不知公公，我的嫁妝可否帶走？」

鎮國公府二夫人明慕青看著剛進門的媳婦毫不猶豫答應和離，不禁有些失落，但也慶幸沒有害小姑娘陪著他們一起送死。

德公公朝程稚清微微點頭，回應道：「自然，程小姐須盡快離開。來人，拿紙筆來。」

程稚清接過晏承平寫的和離書，深深看了一眼晏承平，向德公公行了個禮後便轉身離去。

程稚清回到喜房，命人收拾東西，房中只有程稚清一人。

這時明慕青的大丫鬟素言衝了進來，跪在程稚清面前一直磕頭。「求求小姐，救救小公子……求求小姐，救救小公子。」

程稚清嚇了一跳，她知道自己要答應此事，但也不能太過順利應承。「妳瘋了嗎？怎麼救？現在外面都是錦衣衛，如果被發現少了一個人，妳讓我怎麼辦？」

素言慌忙回答道：「不會連累小姐的，奴婢的兒子高燒好幾日，始終好不了，奴婢想著怕是活不了了，就讓他頂替小公子的身分。小公子平時體弱，不常出門，不會有人認得小公子的。求小姐帶小公子一起走。」

明慕青難產生下晏承平後，本不可以有孕，誰知十幾年後又有了晏承安，加上明慕青身體並不是很好，晏承安早產便自小體弱多病。

程稚清故作沈思一番。「讓我救承安也可以，畢竟夫人對我那麼好。可怎麼帶出去，妳可有主意？」

素言聽到程稚清答應了，忙不迭地道：「奴婢將小公子衣物與奴婢小兒交換，小姐可以帶嫁妝出府，將小公子藏於您嫁妝箱子中，想必禁軍應該不會仔細檢查。如果事情暴露，奴婢自行承擔，不會連累您的。」

程稚清看著素言問道：「既然妳有房子，也有院子，為什麼不把承安帶回家中當作妳的兒子？妳比我更適合照顧他。」

素言磕了一個頭，面露難堪。「奴婢命好，在最艱難的時候遇上夫人，夫人救了我，留我在身邊做貼身丫鬟，可惜所遇非人。自我成婚，夫人就將賣身契歸還於我，婚後我家那人漸漸露出真面目，喝酒、賭錢、打人，要不是看在伺候夫人每月還有五兩月錢，他早就讓我回家了。如果被他知曉奴婢藏下小公子，不僅保不住院子，連小公子也保不住，他唯利是圖，知曉奴婢沒了月錢，一定會報官利用小公子賺取賞錢。」

「行，那妳去做吧！動作要快，小心些，怕是沒那麼多時間了。」程稚清在心中嘆了口氣。

「謝小姐，謝小姐。奴婢這就去。」素言眼裡的感激之情都要溢出來了，接著從袖子裡拿出一張紙，雙手呈給程稚清。「這是夫人在京中的一處二進小院子，沒有在嫁妝單子裡，房契上也不是夫人的名字，請小姐放心收下。」

程稚清接過房契，輕點一下頭。「快去吧。」

不知過了多久，外面突然一陣響聲，程稚清走出去就聽見一個士兵大聲呵斥。「妳是誰？不知道現在不能走動嗎？怎麼還在外面！」

素言嚇得立刻跪倒在地。「奴婢……奴婢是國公府二夫人的侍女，小公子突然高燒，奴婢就想出來打盆水。」

「打什麼水，還有什麼小公子，馬上就是階下囚了，帶著妳家小公子前往前院！」

素言跪在地上嚇得瑟瑟發抖，不停磕頭。「是……奴婢馬上就去、馬上就去。」

士兵這時也看見程稚清了，走到她跟前抱拳。「程小姐可是收拾好了？」

程稚清餘光掃過素言，微微點頭應道：「是，不知怎麼出府？」

士兵面露難色。「這……還須問公公。」

「那你隨我去前院問公公吧。」

「是。」說完，士兵看向不遠處抱著孩子的素言呵斥道：「還愣著幹麼？還不趕緊跟上！」

士兵帶著程稚清和素言來到前院，走到德公公面前單膝跪地，雙手抱拳道：「公公，發現府中小公子。」

德公公聽到此話，看了一眼素言懷裡抱著的孩子。「哦？竟還有一條漏網之魚。幾歲孩童罷了，不足為懼。」

素言抱著孩子，衝到明慕青身前跪下。「夫人，小公子發起了高燒，奴婢沒有照護好小公子。」說著就將孩子遞給明慕青。

明慕青看向懷中的孩子，睜大了眼睛，看著素言眼眶含淚地對她微微搖頭，明慕青抱著孩子的手緊了又緊，將孩子的臉藏在懷裡道：「求公公可憐孩子只有幾歲，請個大夫看看孩子吧！」

晏承安自幼體弱多病，誰也沒有懷疑此時被抱在明慕青手裡的孩子竟是個假的。

德公公笑道：「二夫人這是高看我了，咱家可沒有這個權力，只能委屈小公子了。」說著看向一旁的程稚清。「程小姐這是準備離去了？」

明慕青緊緊抱著孩子，雙手有些微微發顫。

程稚清行了一個禮。「煩請公公派人將我的嫁妝運送出府。」

「程小姐莫急，已經派人通知您父親了。來人！將鎮國公府眾人帶走！」德公公說完後轉身離去。

不知過了多久，程府家丁才姍姍來遲。

「小姐，奴才來晚了，小姐跟奴才走吧。」領頭的人言語中帶著不屑。

程府下人帶著程稚清來到一處小院子。「小姐，老爺說如今您這情況回到家中怕是會令程府蒙羞，害程府遭眾人恥笑，所以特意為您租了一處院子，委屈您這幾天先在此處歇歇。老爺說他不會不管您的，奴才就先行回府覆命了。」

搬嫁妝的下人將嫁妝箱子隨意扔在堂屋後一起走了。

程稚清看著他們的背影，翻了個白眼。

如今京城誰不知道鎮國公府三公子在迎娶禮部侍郎嫡女這天全家下獄？不讓她回家是生怕罪名沾到他們半點吧？我呸！

程稚清正準備把晏承安從箱子裡放出來，不知從哪裡冒出四個婢女。

其中一個領頭的婢女頗有幾分姿色，趾高氣揚地對程稚清說：「小姐，奴婢們的賣身契還在夫人手中，夫人命奴婢等人跟隨小姐是為了伺候三公子，現小姐既與三公子和離，那奴婢們便該回府了，這就不伺候小姐了。」說完眼睛緊盯著程稚清，似乎想看到她氣急敗壞的表情。

程稚清不在乎地點點頭。「趕緊滾吧，伺候好夫人說不定可以成為程婉柔的陪嫁丫鬟，也算圓了妳的夢。」

領頭婢女氣急敗壞。「妳還是想想妳吧，不是程府小姐，妳什麼都不是，哼！」

程稚清看著她們離去的身影，細細觀察一下四周動靜，連忙上前將門關上。

這可不是開玩笑，這裡還藏著一個晏承安，要是讓人發現自己窩藏罪犯，怕是自己也要跟著一起死。

院子不大，僅有四間房，一間廚房，一間堂屋，兩間小臥房。

程稚清看著這些嫁妝箱子粗略一數大概二十個，堆滿了整個堂屋，其實嫁妝不算多，只是屋子太小了。

程稚清將箱子一個個開啟，尋找晏承安，但也不敢喊，誰知道這裡有沒有人盯著她，只能自己親力親為了。

開啟第一個箱子，看到箱子裡空空如也，程稚清只想直呼好傢伙，她的繼母真是不要臉啊！

不過現在管不了這麼多，還是趕緊找到晏承安要緊，她怕晏承安沒有因為流放而死，而是先被悶死在箱子裡。

好在開到一半的時候就發現有個箱子沒有關嚴，這箱子是放布疋的，看著不平整，便猜想人會不會在布疋下。

程稚清伸手將布疋拿開，反正都要開箱子也不怕多耽誤這麼一點工夫。

果然，拿出布疋，就發現晏承安蜷縮著身體側躺在箱子中，睜大的眼睛中眼淚止不住地流，他身下的布疋已暈出一片水漬，他死死咬住衣袖，生怕發出一點動靜連累了程稚清。

程稚清看著晏承安，想到前世的事情。

剛開始原主確實對晏承安很好，盡心盡力，可是當手裡的錢花完後一切都變了，她不得不去幹活，養活自己和晏承安。

有一天她在給人浣洗衣服時，看著一副小公子模樣的晏承安，而自己卻跟一個三十歲的婦人毫無二致，頓時心生不滿，她開始讓晏承安包辦家裡所有的活計。

晏承安知曉自家的情況也感激原主的收留，他留在京城就是為了有朝一日能夠為家裡平反，所以原主讓他做什麼，他都毫無怨言，甚至承擔起養家。

但原主還是不滿意，越來越變本加厲，大冬天讓一個八歲孩子去結冰的河裡抓魚，晏承安不慎落入水中再也沒有起來。

原主沒有絲毫愧疚，甚至連一副棺材都不願意出，直接讓人送到亂葬崗，暴屍荒野。

程稚清看著眼前這個三歲的孩子漸漸和記憶中被打撈起的晏承安重合。

不用想也知道，素言一定對晏承安說了些什麼，程稚清嘆了一口氣將晏承安從箱子裡抱出來，放在地上。

晏承安沒有放鬆緊繃的身子，有模有樣地先給程稚清行了禮，聲音帶著哽咽。「謝謝程姊姊願意收留我，承安一定小心不會讓人發現的。」

雖然晏承安自幼體弱多病，但明慕青沒有因此過於溺愛，畢竟是鎮國公府的孩子，該教導的平日都細細教導，這才如此懂事。

程稚清看著晏承安可憐兮兮的樣子，摸了摸他的頭。「不要想這麼多，先好好休息，我收拾一下，你先睡一覺，睡醒後我再跟你聊聊以後我們該怎麼辦。」

程稚清看著什麼也沒有的房子，只得從嫁妝中拿出棉被，幸好繼母裝了棉被做樣子，不然她真不知道該怎麼辦。

程稚清將被子鋪在床上，轉頭便看見晏承安也跟在身後忙活，她一把將晏承安抱起來放在床上。「我來就好，你先好好休息一下。」

說罷，她幫晏承安蓋上被子，又出去打濕帕子幫他擦了擦臉。

晏承安點了點頭，將眼睛閉起來，眼淚又止不住流了下來。

程稚清也沒有辦法，事已成定局，只能靠他自己想通，誰也沒有辦法幫他。

程稚清回到堂屋繼續將剩下的箱子打開，一開嚇一跳，總共二十四個箱子，裝滿的不過十個，其餘箱子全是空的。

平常商戶女出嫁也有十六抬的嫁妝，而她才十抬。雖說自家娘親在她四歲就過世了，但她爺爺好歹是江南首富，給這些垃圾膈應誰呢！

一旁有個小箱子，程稚清打開一看不過五百兩銀子，以及一張嫁妝單子，單子上的東西沒有一樣與這些箱子裡的物件沾邊。

這繼母不待見自己，認為她嫁出去後，連裝都不願意裝了。

明明是侯府嫡女怎會如此小家子氣？

程稚清不知道清遠侯府後繼無力，家中銀錢全用來給當官的人鋪路，這繼母小時候沒用過什麼好東西，導致她養成什麼好東西都要捏在手裡的性子。

程稚清看著這些空箱子笑出了聲，打算明天去程府算帳，先回房間好好整理思路。

鎮國公府的罪名應該不久就會昭告天下，原主對於這些記憶都模糊了，她被做成人彘早就嚇傻了，只能勉強記得晏承平天天跟她說，他的家人怎麼在流放的路上一個接一個地死去，他娘對她這麼好，他也好心和離放她一條生路，卻連唯一僅存的弟弟都被她折磨……

上一世和離後，原主想回程府，因與賣國賊有過牽扯而被斷絕了關係。

就算這樣，繼妹程婉柔還是不願意放過她，時不時上門找麻煩，炫耀自己的日子過得多麼舒暢，奚落她如過街老鼠般在這一個破敗的小院生存，父親都不願管她。

晏承安還得小心翼翼躲避眾人，以免被其他人發現家裡有一個罪犯之子。與其留在京城還要時時刻刻提防程府一家，自己也沒有多少錢，還不如跟著晏承平一路流放，保護他們安全。

畢竟苦幾年照顧好晏家全家人，以後等晏承平上位，她就是第一大功臣，到時候還不是想要什麼有什麼，也不會落到前世被做成人彘的下場，屆時她可以想去哪裡就去哪裡，天大地大，還有金大腿可以依靠。

想清楚以後的計劃，程稚清輕鬆許多，只不過人家穿越女都有什麼空間，自己什麼都沒有，如果有空間，前期還能購買物資，流放路上就不用擔心了。

突然程稚清感覺眼前一亮，她一愣，天不是黑了嗎？怎麼又亮了？

臥槽！真的有空間，老天果然待我不薄啊！

她回想了一下自己平時看小說主角的基本操作，默默想著「出」，下一刻果然回到了房中，又默唸「進」，一晃眼便進了空間。

程稚清被這巨大的驚喜沖昏頭腦，拿著東西進進出出了幾次，終於清醒了，這才觀察空間裡的情況。

不遠處有一座石碑，程稚清走過去一看，上面寫著一段話，大意是她因救人而死，上天為彌補她送予芥子空間，要求她幫助晏承平改變命運，避免生靈塗炭。原主也徹底走了，讓她放心，這個身體以後就是完完全全屬於她，而後字跡連同石碑就消失了。

程稚清看完一整個大無語，不給空間使用說明，還得靠自己摸索？

她仔細觀察四周，放眼望去四周霧濛濛一片，不知是否還能擴大。

不遠處有一間茅草屋，屋前有一口井。

難道……這就是傳說中的靈泉嗎？

程稚清心中激動，立即走過去取水喝了幾大口，細細感受發現沒有什麼變化，心中失落卻也沒過度糾結這泉水，畢竟有總比沒有好，至少以後不會缺水。

走進屋內，屋內僅有一張桌椅，以及幾個架子，架子上擺滿了瓶瓶罐罐。

程稚清走近一看架子上竟全是藥物，桌上有一本書，書籍首頁赫然寫著四個大字《製藥大全》，隨意翻開看了看，有著每種藥物的名字，對應的症狀、作用和製作方法。

程稚清心中了然，架子上的所有藥物應該在這本書中均有介紹，這下對於幫助晏承平躲過前世災禍更有把握了。

就算架子上的藥全用完了還可以自己學著做，她一個堂堂中醫學畢業生，製藥還不是手到擒來。

屋後還有幾畝田，程稚清心中默默盤算，到時候還要種一些糧食，這下吃食也不用愁了！

程稚清了解完空間情況正準備出去的時候，突然發現自己身上多了一層黑色的雜質，味道令人作嘔。

腦子瞬間當機，原來泉水還真有作用啊。

程稚清在空間洗過澡後，躺在床上想著今日發生的事情，以及需要準備的物資，但是自己只有五百兩銀子，什麼也不夠買。

唉，看來明天程府之行必定要拿些銀子出來了。

程稚清翻了個身正準備睡覺，突然手上的鐲子裂成兩半，掉落在床上，發出清脆的響聲。

程稚清撿起險些砸到她臉上的鐲子，今天過於忙亂，她都沒有注意到這個鐲子。

鐲子是木質的，是她娘的遺物，自她娘臨終前給她戴上後再也沒有摘下。

程稚清拿起鐲子細細看著，發現鐲子是中空的，裡面還有兩張被捲起來的信，各藏在鐲子的一邊。

這信是她娘留給她的，上面寫了她與程明知的往事，以及到京城後所添置物品的清單。

程稚清看著信中，她娘對自己過於愚蠢，沒有早日看清程明知真面目，沒能看著她和哥哥長大而自責，也希望她在看到信後能回去看看爺爺，代她說一聲「女兒不孝」。

如果沒有程明知，想必她娘應在江南有一個好夫君，夫妻和睦，過著安穩的日子吧。

第二章

第二日天還沒亮，程稚清帶著晏承安去素言給的房契的那一處院子，又出去買了幾顆包子、兩碗餛飩。

吃完早餐，程稚清拿出地契遞給晏承安，看著他說：「這是你娘的房子，現在交給你。」

看著晏承安著急想說什麼，她急忙補了一句。「我沒有想丟下你，只是這個由你來保管，如果他們沒事，地契就由你還給你娘，如果有事，以後也是個退路，你說對吧？」

晏承安緊盯著程稚清，似乎相信了她說的話，緩慢伸出手接過地契，仔細收於身上。

程稚清看著他接過地契，鬆了一口氣，接著說：「一會兒我回程府要一些東西，你在這裡等我，藏好不要讓人發現你。這裡還有一些包子，如果我中午沒來得及回來，你就吃這些包子，好嗎？」

晏承安看著她點了點頭。

程稚清正準備離去，突然發現一隻小手拉住她，不多時就聽到一句。「妳要早點回來……」

這聲音微弱地似乎要消散在風中，程稚清一陣心酸，本是千嬌萬寵的世家公子，短短一天就成了現在的樣子。她彎下身子摸了摸晏承安的腦袋，應了聲好。

趁著天還未大亮，程稚清回到程明知租的院子中，裝作沒有出去過的樣子，並將昨天鋪好的被子重新一一裝回箱子中，等到外面陸陸續續有了聲響後，才擺出一副剛起床的樣子。

程稚清走到門口，看見隔壁婦人正在漱洗，趕忙上前詢問。「大娘，我這兒有一個搬東西的活計，用不了多長時間，一個人我可以給二十個銅板，妳家中有人可以做嗎？」

二十文算是一個比較高的價格，在大魏國農家人做短工，四個時辰也就一百文。

程稚清請人搬嫁妝，甚至不耽誤這些人一天的活計。

隔壁大娘聽到這話眼睛都亮了，但也沒有失去理智。「搬去哪裡？大概要多長時間？」

程稚清一聽感覺有戲，忙說道：「妳知道程府嗎？我有一些東西要還給程府。」

「程府？那個當官的程府？」

「對，就是那裡。」

大娘心裡盤算了一下，去程府大概一盞茶的時間，回來還不耽誤後面的活計，這一天多賺二十個銅板，太划算了。

大娘看向程稚清的眼神瞬間帶上熱情，拉住程稚清的手。「妹子，妳大概要幾個人？我家男人可以幹，這附近我都熟。」

「這樣啊，那太好了，大娘。十二個應該就夠了，妳幫我叫人，我就在妳隔壁，您叫人過來直接去隔壁就行了，我先回去等著。」

「行，妹子，妳等著。」大娘急忙轉過身，步伐快得好像有人在後頭追她一樣。

程稚清回到院子中等了一會兒，就看見十幾個漢子走到門口，隔著門帶著窘態問道：「妹子，我婆娘說妳要找人幹活，給二十文？」

「是我找人幹活。」程稚清指了指旁邊的箱子，接著說：「這些箱子幫我搬到程府就行。」

領頭的漢子看著這些箱子，算了算，大概每人搬兩個，一趟也不遠。農家漢子別的沒有，就是力氣多。

十二個人商量了一下，相互配合著就搬起箱子往外走，程稚清跟在最後。

一盞茶後，眾人站在程府大門前，領頭的漢子詢問道：「妹子，要我們搬進去嗎？」

程稚清答道：「不用，放這裡就行了。可否請一位大哥前去幫我喊門？就說他們嫡小姐帶著嫁妝回來了。」說完就拿出銀子將工錢結清，上前喊門之人的工錢就暫放領頭之人手中。

喊門之人回來後，眾人就向程稚清告辭。「妹子，那我們就先走了。」

「好的，今日麻煩諸位大哥了。」

程稚清在門口等了一會兒，就見那日帶她出鎮國公府的下人著急地跑出來，一臉不耐。

「小姐，不是說讓您在那裡待著嗎？老爺不會不管您的，您怎麼回來了，還帶回這麼多東西？」

程稚清譏笑一聲道：「呵，我不與你多說廢話，今日你阻攔我，不讓我見到我爹，我就鬧得全京城的人都知道，禮部侍郎程明知嫌棄和離嫡女丟人不讓回府，要嫡女在外自生自滅。反正我名聲已這樣了，我也不怕，就看看你家老爺還想不想要這個名聲，被眾人恥笑後，罰的是你還是我。」

「這……這……小姐我去通報一下，請小姐等等。」下人有些著急地說。

「那你可快些，一會兒人多了，禮部侍郎這名聲就傳出去了。」

程稚清不怕程明知不願見她，畢竟這人極好面子，在外都是一副愛護妻女、溫和有禮，連繼女都當作自己親生的形象。

果然，沒過多久，那下人著急忙慌跑了出來。「小姐，老爺請您進去。」

程稚清點點頭說道：「把我身後的東西搬進去。」

進到大廳，程稚清就看到程明知端坐在主位，臉上看不出喜怒。

「來，把我的嫁妝放在這裡給父親看看。」

程明知極力掩飾自己即將爆發的怒火，不耐地問道：「程稚清，妳到底想幹什麼！」

「爹怎這麼大的火氣，女兒只是想讓您欣賞一下嫁妝。」程稚清一臉無辜地看著程明知，說著讓下人將箱子打開。

程明知有些不解。「妳現在嫌棄妳的嫁妝？我已經說過了，妳是我的嫡女，給妳的嫁妝不會差，府中好的東西已經盡數都給妳了。」

程稚清聽到這話一臉恍然大悟。「原來這就是我們家最好的東西了，總共二十四個箱子，其中有十個是空的。」說著拿出嫁妝單子又道：「爹，您看看我的嫁妝單子，怎麼沒一樣東西和箱子裡的對得上呢？壓箱底的銀子不是寫著三千兩，怎麼我才拿到五百兩？」

程稚清無辜地將嫁妝單子交給程明知。

程明知一聽這話，一拍桌子。「什麼！」

廳內氣氛一下沈重，所有的下人都不敢將頭抬起來，這一刻所有人都恨不得自己是個瞎子、聾子。

程明知站起身，走到擺放箱子處轉了一圈，果然有十個箱子是空的。

「幸好我剛嫁過去，鎮國公府就被聖上下大獄，如果沒有這件事，怕是整個京城都知道禮部侍郎窮到嫁女只能用空箱子裝臉面了。」

程稚清看著青筋暴起的程明知，在一旁慢悠悠地添油加醋。

「女兒也知道，鎮國公府如今不好。那日在鎮國公府，德公公說找到鎮國公通敵賣國、貪污軍餉的證據，一旦有人與鎮國公扯上關係，怕是同樣的罪名。而女兒自幼受鎮國公的情，雖然德公公說聖上允許和離，但誰也不知道爹以後是否會因此事受到牽連。

「所以女兒今日前來為的就是和爹斷絕父女關係，這樣一來，如果女兒有什麼事就影響不到爹的前程。不過一個女兒家，又和離了，沒有嫁妝怕是活不下去，這才來請爹爹做主。」

通敵賣國！

程明知心中一震，這要是與自己扯上關係，別說想競爭禮部尚書了，頭頂的烏紗帽當場就要摘掉。

他難掩心中怒火，一個字、一個字地說道：「此事我會給妳一個交代。」說罷轉身就要向後院走去。

在這麼多下人面前，為了一家之主的顏面，程明知看來要去找嚴秀蘭麻煩了。

「爹，女兒可否去祭拜母親？想來這也是最後一次了。」程稚清喊住程明知，聲音略帶落寞。

程明知腳步一頓，厭煩地揮了下手，似乎很不想聽到這個人的名字，但又不得不說：「去吧。」

程稚清去她娘的院子時，路過程婉柔的院子。

程婉柔尚未起身，整個院子靜悄悄的，婢子幹活都輕手輕腳，生怕吵醒程婉柔惹來一頓責罰。

想當初，原主死後重生回到婚禮當天，有了前世記憶的她死活不願意再嫁給晏承平，在家裡鬧得天翻地覆。

繼妹程婉柔氣不過，自己用盡手段搶奪婚事，明慕青發現後還硬氣回懟，表示如果婚禮當天嫁過來的人不是程稚清，那她也不怕丟臉，必定當場敲鑼打鼓送這個不知死活的女子回程府。

程婉柔嫉妒程稚清，死了親娘還能嫁得如此好，還有人為她撐腰，一時心頭怒火湧上，難以克制地推了原主一把。

原主當場後腦勺撞到桌角死了。

程婉柔害怕自己害死程稚清被鎮國公府追究，於是欺騙眾人，原主不願意嫁，便給她下了藥，以免在路上鬧出事讓程府丟臉。

在現代社會出車禍的程稚清，就這樣穿越到在喜轎中已死的原主身上。

程稚清就看了一眼，馬上收回目光，加快步伐。

今天可不是來跟程婉柔吵架的，還有更重要的事情要辦。

沒有下人在意程稚清，她一路暢行無阻到了娘親程書楠的院子，多年沒有下人打理，整個院子顯得破敗不堪。

砰！

程稚清推開門，屋外的風被帶入其中，無數的灰塵在暗淡光線下猛然揚起，又飛舞著漸漸落下。

她咳嗽了幾聲，進了屋子關上門，走到床前蹲下，按照娘親在信中給的方法，在床底摸了摸，找到一個凹槽將其推開，手伸進去拿出一個小箱子。

箱子中裝了一枚令牌，十萬兩銀票，十根金條，還有四張紙。

程明知當了這麼多年官，為了更高的位置也不敢過於放肆去貪污受賄。程書楠因為只想好好帶大兩個孩子，不想分心去做生意，就沒有置辦鋪子。在程書楠過世以後，他就只能靠著每月俸祿和嚴秀蘭的嫁妝鋪子才有點進帳，至今也不過存了五萬兩。

由此可見，她娘到底多富有了。

令牌上寫著「萬通」，這應該就是萬通錢莊的令牌了。另外四張紙，其中一張是這棟宅子的房契。

程明知本姓陳，原只是一個窮秀才，母親陳氏靠著為他人浣洗衣服，供他唸書。陳明知考上童生後不久，陳氏重病，花光家裡所有的錢也沒能救回陳氏的命。陳氏死後，陳明知實在沒錢安葬陳氏。

剛好江南首富程萬，家中長子外出做生意後沒有音訊，生死不知，幾年後女兒也到了適婚年紀，便想為家裡唯一的女兒程書楠招贅。

陳明知知道後，設計程書楠落水，由自己搭救。

程萬看他為人孝順且是個讀書人，還救了自己女兒，只好把他招為贅婿。

因為陳明知還想科舉，程萬也認為工商畢竟為下品，當官更能護住一家，便沒有讓大家知道陳明知為贅婿，只是簡單地立了個契約。

程明知成為程家女婿後，改了姓，安葬陳氏後，便立刻帶著程書楠進京趕考。

婚後，程明知一直偽裝得很好，夫妻兩人和睦美滿地生了一男一女。

這一切在程明知考上探花後就變了，他生怕外人知道自己入贅程家，便日日給程書楠下毒。

程明知當官後，將府中的一切都以程書楠身體不適為藉口代為掌管，原本從江南一起跟來京城的下人，也都被他尋各種藉口發賣出去。

程書楠終於意識到不對勁的時候已經晚了，消息傳不出去，身體也垮了，只能給女兒留下萬通錢莊的令牌和其他東西藏在自己的院子裡。

這麼久以來，她看出程明知的狼子野心，入贅對於他來說就像一根魚刺卡在喉嚨，拔不出又嚥不下，在她死後，程明知一定不會來她的院子。

幸而她留了一手，沒有什麼事都讓程明知知道。

而程萬知道程明知在女兒死後沒幾天，便另娶了清遠侯府嫡女嚴秀蘭，想將外孫、外孫女接回江南，被程明知以不願意為藉口打發了回去，程萬氣得再也沒有與京城聯繫。

程稚清一想到，程明知之所以過得這麼好，舒舒服服地住在帶著花園的五進四合院，每天不用花費幾個時辰去早朝，全是她娘買房子的功勞。和程明知同級又無權無錢之輩都還在租房子，如果不是她娘，程明知到現在也租不起二進的院子吧！

程明知為了自己的官途順遂，在她娘頭七還沒過，便娶了清遠侯府之女嚴秀蘭。

程稚清小時候的首飾都是極好的，爺爺也常常在江南千挑萬選一些極好的東西不遠千里送來逗她開心，可這些都被與她一般大的程婉柔搶去。

程婉柔是嚴秀蘭與前夫所生，她丈夫戰死疆場，成了一個寡婦後，早早看上程明知，算計成功嫁給他，成了新的程夫人，女兒也改姓程。

程稚清將程婉柔搶她首飾之事告知父親，希望他能幫她，嚴秀蘭卻哭哭啼啼地表示，程婉柔從沒見過這些好東西，只是想借來看一看便還給程稚清。

程明知當下便有些心疼，對著程稚清說：「妳是姊姊，有那麼多好東西給妹妹一、兩樣怎麼了？」

唯一的哥哥程天磊身為男子常常照顧不到她，又在她十歲那年去當兵，就為了立下軍功成為妹妹的依靠，從此更加鞭長莫及。

就這樣程稚清母女倆的好東西，都被嚴秀蘭母女給搶去了。

程婉柔原是想將鎮國公府的婚事也一起搶去，幸得明慕青放話才未得逞。

可明慕青終究不是生母，沒有辦法做得更多，自從一次她送程稚清的首飾被搶後，知道她保不住這些東西，就沒有再送過。幸好明慕青時不時便喊程稚清去府上做客，那母女倆才沒有苛扣她的伙食，生怕明慕青鬧上門來。

這家人住著她娘買的房子，苛責她和哥哥，真把房子當作自己的了？笑話！

趕明兒就把院子給賣了！

按理說，這五進的院子死也輪不到他們住，但皇家缺錢便把宅子賣了，要價奇高，她娘當初能買下這院子完全是有錢。

如今京城隨處一走就能撞到一個官，區區一個禮部侍郎而已，難道還怕沒有買得起這院子的人？比程明知官大的可多得是。

另外兩張紙，是程明知當初入贅的書契。程書楠知道自己快不行後，就花錢請人做了一張一模一樣的，也算是給程稚清一點後路。只要讓世人知道程明知是程家的上門女婿，那麼他這官也別想做了。

最後一張紙，便是教程稚清怎麼辨別哪一張為真、哪一張為假的信件。

程稚清將清單與假書契收於袖子中，其他都放在空間裡。

做完這一切後，程稚清走到隔壁屋子，這裡便是程書楠的牌位所在了。

程明知不願將她的牌位供於佛堂，加上沒有找到書契，便藉口她喜愛這院中的景色，想要讓她留在此可日日觀賞。

就連嚴秀蘭母女鬧了幾回想搬來這院子，他都沒有鬆口，生怕她們找到一些東西。

屋子裡空盪盪的，只有程書楠的牌位擺在桌子上，連祭品也沒有。

程稚清對著牌位跪下，在心中說道：娘，現在我也是您的女兒，之前的程稚清已經不見了，她應該和您團聚了吧。現在我成了她，我會好好照顧自己，也會找到爺爺和哥哥，好好照顧他們，更不會忘記給您報仇。想必您應該也不願意留在這裡吧，我將您帶走，來日帶您去見爺爺。

程稚清站起身子，將程書楠的牌位收進空間，暫時安放在桌子上。

她想，程明知不會來祭拜她娘，就算知道了，她也已經走遠了。

處理完一切後，她快速退出房間，原路返回大廳，途中似乎聽到男人怒吼和女人哭泣尖叫的聲音，心中暗爽！

過了一會兒，只見程明知面色不豫地走了進來，手中還拿著些東西。「稚清，這件事是妳繼母不對，她小時候不好過，想著為婉柔攢嫁妝，一時想錯虧待了妳。如今那些零散的東西一時半刻也補不齊，就算作銀子給妳，這是五千兩銀票，妳收著。」

程稚清點點頭，毫不客氣地伸手接過銀票，藉著往袖中放的動作，將銀票收進空間。

「爹，我這裡有點東西，大庭廣眾下不好說，我們去您書房說吧，您看如何？」

程明知皺著眉頭，想不到程稚清這麼麻煩，銀子都拿了還不肯罷休，但怕是什麼新消息，還是同意了她的話。

二人來到書房，屏退眾人，關好門窗。

程稚清拿出書契，在程明知面前晃了晃，一臉笑意道：「爹啊，您知道這個是什麼東西嗎？是您當初入贅我程府的書契啊！您還記得吧？」

程明知的手在袍袖底下緊握成拳，青筋暴起，面容幾乎猙獰。

他想不到自己找了這麼多年，居然讓程稚清找到了這樣東西，更沒想到程書楠留了一手給她女兒。

程明知壓抑著怒火，一字一頓道：「妳到底想怎樣！」

程稚清冷笑一聲。「我能怎麼樣？我就兩個條件：一是我和哥哥與你斷絕父子關係，你當初入贅我程府，按理說我替我娘將你休了也不是不行，但是畢竟父女一場，還是給你留點臉面。二嘛……」說著又拿出清單。「將我娘和爺爺這些年給我和哥哥的東西還給我們，一共兩百三十件。你別以為把我扣在這裡，就沒人知道這件事了。你想，我不有點準備敢這麼做嗎？如果我午時前沒有回去，全京城的人都會知道你入贅程府，連姓也改了，這點小事應該也不難查吧，不過你奮鬥了這麼多年的官可就做不成了呢。」

「妳……妳……我這麼多年可真是養了個白眼狼！」程明知指著程稚清的手不住地顫抖，氣急敗壞地說道。

程稚清滿臉不屑。「笑話！軟飯硬吃，你也是個中翹楚了。別廢話了！答應我的要求就趕緊寫下斷絕書，再去你那續弦和拖油瓶那裡把東西給我要回來。」

「好……好！妳可別後悔！」程明知怒極，好不容易才喘了一口氣，一甩袖拿起筆寫起斷絕書，不過片刻，他將筆往地上一摔。

程稚清俯身拿起斷絕書，吹了吹。「程大人動作可真快，不愧是禮部侍郎，看看這文筆就是不一樣。還有第二件事呢，程大人動作可要快，我只給你半個時辰。」

程明知氣得七竅生煙，只覺得周身的氣血湧上腦門，腦內滾燙欲炸，身形晃了晃，終究沒有說什麼，大步甩門而去。

程稚清大搖大擺地在書房中找了個地方坐下，沒一會兒就聽到外頭大吵大鬧，聲音漸漸低了下來，只剩下女人的哭泣聲。

她還未欣賞夠這難得一見的熱鬧景象，程明知就帶著兩口箱子回來了。

程明知命人將箱子放下。「都在這裡了，只有一百五十多件，剩下的妳母親逢年過節人情往來送出去了，沒辦法拿回來。」

他背過身合上眼，似乎再也不想見到程稚清。

程稚清譏笑一聲。「那女人可不是我母親。話說你們侍郎府可真有意思，不願意承認自己入贅，卻花著女人的錢來為自己鋪路，可真是端起碗吃飯叫娘，放下碗罵娘。不夠就用銀子補，你當官這麼多年見識應該長了不少吧？我娘和爺爺送來的東西可都是價值千金，一萬兩已是便宜你了。快拿錢來，我們兩清。」

「一萬兩！妳怎麼不去搶？」嚴秀蘭面目猙獰地衝了進來，揚手就要搧程稚清巴掌。

程明知心中有數，這些東西的確是有市無價，大吼一聲。「夠了，去取銀子來！」

嚴秀蘭不敢相信自己的耳朵，愣愣地看著程明知。「程明知！你知道一萬兩是多少嗎？我們府中什麼情況，你不知道嗎？居然要給這小賤人一萬兩?!」

程明知不滿自己身為一家之主的威嚴被挑釁，滿眼通紅地看著嚴秀蘭。「管家！去庫房取一萬兩銀票來。把夫人給我拖回去，關好了。」

嚴秀蘭被嚇到了，怔怔地由著下人將她帶走。

程稚清在一旁鼓掌。「程大人好生威風啊，不怕程夫人回清遠侯府告狀嗎？」

程明知沒有回答她的話。「銀子在這裡，書契給我！」

程稚清看了看銀票，確認是真的之後，便把書契給程明知。「程大人，如今我們也兩清了，可否派下人幫我把這兩個箱子搬回去？」
程明知捏著書契，大吼一聲。「滾！」
程稚清聳了聳肩，叫來兩個下人，幫她把箱子搬走。
今日鬧得如此大，再也沒有一個下人敢輕視程稚清，都手腳麻利地搬箱子。
程明知看著程稚清逐漸縮小的背影，突然發瘋似的撕碎手中的書契，狠狠拋向地面。
當程稚清即將走出程府，突然出現一個頭髮凌亂、衣衫不整的女子向她跑來。
「程稚清，妳怎麼沒死！都是妳，妳又回來幹什麼？妳憑什麼讓父親把我的東西拿走！憑什麼？」程婉柔衝到程稚清面前，手高高揚起想要搧她巴掌。
啪！
程稚清抓住她的手，反手搧了程婉柔一巴掌。「妳的東西？妳敢說這些都是妳的東西？就妳娘帶著妳這個拖油瓶，她會捨得給妳買這麼好的東西？」
程婉柔捂著臉像個瘋婆子一樣大喊道：「妳算什麼東西，居然敢打我？」
啪！
程稚清反手又打了她一個巴掌，眉頭一挑。「怎麼不敢？喏，這不是滿足妳心願了。妳確定還要在這裡攔著我？不怕外面的人聽見了，讓妳一直以來的好名聲從今天起煙消雲散？」

程婉柔一僵，她沒有想到這麼多。她身邊的確沒有什麼好東西，她娘最愛銀錢，捨不得買這些貴的首飾珠寶。程稚清的外家有錢，雖然只有頭幾年送東西，但也是難得一見的好東西，因此她今天看到這些東西都被拿走，氣到失去理智才衝出來在門口和程稚清對上。

「妳給我等著！」程婉柔說罷，一甩袖子離去。

程稚清輕呵一聲帶著下人走出程府，去了當鋪。到了當鋪，她打發走下人，將這些東西全典當了。

她才不稀罕被那對母女用過的東西，嫌髒。

那對母女經常用她娘的東西當成炫耀的資本，京城大多夫人、小姐都認識，現在被她典當了，想來那對母女知道後，臉上應該挺精彩的。

一百五十多件東西，典當了三萬兩。果然便宜了程明知，才跟他拿了一萬兩。

程稚清走出當鋪後，在街上閒逛了半天才回到租賃的院子。

程府下人看著程稚清回到院子，馬上回去稟告程明知。

程明知知曉程稚清還在悠閒逛街，冷哼一聲，不知所謂！

第三章

錦衣衛詔獄。

牢內沒有燈，僅靠高高的牆壁上一個小窗子透光，昏暗又壓抑。

潮濕的空氣中瀰漫著酸臭、腐朽、糜爛的味道，地上盡是蟑螂、老鼠的天地。

晏家此時誰也沒有說話。

女眷們被禁軍搜光身上的銀錢首飾後，便被推進牢房，男人則被直接帶走提審，連十三歲的四爺晏修同也不放過。留下的不過是抱在手裡的三歲稚子，和手無縛雞之力的女人。

已經過去兩個時辰，沒有人送飯也沒有人送水，不過大家都不在意。

突然遠處傳來拖拽聲和腳步聲。

眾人像是看到希望一般抬頭望向牢門，過了一會兒，只見獄卒們拖著幾個人走來。

一陣鐵鏈聲後，隔壁牢門打開了，獄卒將手中拖著的人似破布般扔了進去。

老夫人白舒雲著急起身踉蹌了一下，二夫人明慕青與三夫人鍾思潔急忙跟著起身扶住她。

二人攙扶著白舒雲快步走過去，走近了隔著牢門才看清男人們的傷勢有多麼嚴重。

每個人的身上都有大大小小、傷勢不一的傷痕，鎮國公晏瀚海、二爺晏修遠和晏承平祖孫三人尤為嚴重。

他們彷彿剛從血海裡撈出來一樣。

晏修景、晏修同、晏承淵幾人不是重點拷問對象，還能勉強站起身。

他們扶著重傷的三人走向隔壁，將三人輕放下讓他們靠在牢門上，隨後自己也重重坐下，大口喘著氣。

晏瀚海努力睜開眼睛側過頭，看向老妻，手緩緩握住白舒雲的手道：「沒事，妳還不知道我嗎？一點小傷，不礙事，就是看著嚴重一點罷了。不過我們可能要在地下團聚嘍。沒想到養了一隻白眼狼啊，以後我們就當沒這個兒子！」

白舒雲緊握住他的手，聲音哽咽。「地下團聚我們一家人也在一起，一家人在一起就好……不過委屈孩子們。」

明慕青抱著孩子，看著丈夫和兒子三人，眼底含淚一時間不知該說什麼。

晏修遠看著明慕青馬上就要哭出來的樣子，慌了神。「我這不是沒事嗎？一點小傷，妳怎麼哭得好像我已經死了。對了，我聽素言說小安發燒了，現在怎麼樣了？」

明慕青輕輕露出孩子的臉，晏修遠看見孩子，隨即看向妻子，聲音發抖。「這……」

明慕青含著淚，點了點頭。

晏修遠看事已至此，如果被人發現孩子不是他們的，怕是要連累素言。他顫抖著伸出滿是血跡的手，在孩子臉上摸了又摸。

孩子因高燒難受得連哼的力氣都沒有了。

鎮國公府是皇上的眼中釘、肉中刺，恨不得除之後快，他們也沒想過有活下去的可能。

晏修遠和晏承淵雖然是叔姪，但感情和兄弟一樣，他們此刻疼得齜牙咧嘴，還是撒潑打滾逗女眷開心，讓她們不要擔心。

牢內溫情一片。

程稚清走到今早幫她搬箱子的大娘家裡，喊了一聲。「大娘，妳在嗎？」

「在呢，誰啊？」屋內有個人走了出來，一看是程稚清馬上笑意連連。「妹子啊，來，進來坐。」

「大娘，我有件事想請妳幫忙。」

「妳只管說，能幫的大娘我一定幫。」

程稚清直接說明來意，順便賣了個慘。「我昨天剛嫁人，結果夫家出事了，他們不願連累我，與我和離了。我爹嫌棄我丟臉，不接我回家中，把我趕到這裡。今早回家想求求情，結果聽到他與繼母說，想把我賣給鰥夫做小老婆，賺一筆彩禮。他們這是想讓我去死啊！

「我舅舅家還有人，我想去投靠他們，但是怕我爹找人看著我，我就想跟妳買一件大叔沒穿過的衣裳，可以給妳一百文錢，不會讓妳吃虧的。」

大娘心中默默盤算著，外頭一百文可以買一疋布，一疋布可以做兩件衣裳呢。

「有的，有的，正好有套衣裳才剛做好，他一個大男人也不急著這一件衣裳。妳爹娘實在太不像話了，妳等著，這就把衣裳拿給妳。」

程稚清看著大娘走進屋內，又快速走出來，將衣裳遞給她。「謝謝大娘，實在謝謝。還要麻煩大娘一件事，如果我爹來找我，求大娘不要說我去哪裡了。」

人心不可測，程稚清跟大娘強調了一句，只見大娘滿口答應，接過錢喜笑顏開。

程稚清帶著衣服回到家中，馬上換了男裝，觀察一下四周似乎沒有人看守，馬上翻牆溜走。

程稚清來到大街上，去店鋪買了五、六套庸俗款式的男裝，和一些三歲女童的衣服，又去胭脂水粉店以送給妹妹的理由，買了眉筆和胭脂水粉。

買完東西，程稚清趕緊回了小院，一上午過去也不知道晏承安一個人怎麼樣了。

程稚清推開門，發現一個人都沒有，趕忙去屋內，輕輕喊了一聲「小安」，這才發現原來晏承安一直躲在床底下。

看到晏承安從床底爬出來那一刻，程稚清有點心疼他，才三歲卻要承受這麼多。

程稚清上前拍拍他身上的灰，抱著他說道：「沒事了，沒事了。」

晏承安小心翼翼地抓住程稚清的衣服。「程姊姊，我還以為妳不會回來了。」

程稚清安慰道：「怎麼會，這不是回來了嗎？以後不能叫程姊姊了，要叫哥哥，知道了嗎？」

晏承安這才注意到程稚清穿著男裝，乖巧地點了點頭。

「午飯吃了嗎？」

晏承安抿著小嘴，搖搖頭。

程稚清拿出剛買的三歲女童衣服遞給他道：「你知道晏家功高震主，皇上既鐵了心從你家搜出證據，就代表已經做好萬全準備，他不會放過晏家的。雖然素言說京城沒什麼人見過你，但為了安全起見，你扮女裝叫嚴安，我扮男裝叫嚴清。你還有一個哥哥不知被大伯弄到哪裡去了，以後對外就要說，母親為了生下你難產過世，你也自小體弱多病活不過成年。

「父親聽說京城有個極好的大夫，特意帶著我們兄妹三人來尋醫。大伯捨不得在你一個女娃娃身上花這麼多錢，便悄悄害死父親，我無意間聽到他不小心說出害死父親，還要將你我二人賣了，便帶著你逃出來，現在我們要去關城投靠舅舅。知道了嗎？」

晏承安點了點頭，接過衣服。

程稚清看他這麼懂事，故意問他。「會穿嗎？需要我幫忙嗎？」

晏承安小臉上泛起一抹淡淡的紅暈，結結巴巴道：「不……不用，我自己可以。」

雖然晏承安才三歲，但好歹是武將世家，沒有那麼多下人服侍，基本起居都要自己做。

程稚清退出屋子讓晏承安換衣服，自己也去另一間屋子換上剛買的衣服，並將眉毛畫粗，臉色塗黃。

只要不碰到極為熟悉的人應該是認不出來。

之前跟大娘買的這套男裝不僅不合身，也怕大娘認得自己做的衣服，把她給賣了，還是要謹慎一點比較好。

幸好晏承安才三歲，不用綁頭髮，不然她這個現代人可不會古代的髮型。不過為了保險起見，還是將晏承安臉色塗黃，營造身體不好的蠟黃感。

二人都換好衣服後，程稚清帶著晏承安去小攤子點了兩碗陽春麵。

雖然晏承安從來沒有在這些地方吃過飯，但也極快就適應了。

吃過飯後，他們就去衙門，準備辦身分文書和路引。

到了衙門後，順利見到師爺，程稚清將自己胡編亂造的身世跟師爺說了，順便偷偷塞給他五十兩銀子。

師爺悄悄掂了掂銀子的分量，勉為其難地幫忙辦理了，因跑公文需要時間，便請他們過幾天再來拿。

程稚清千恩萬謝，帶著晏承安走出衙門。

路上，晏承安拉著程稚清的手問道：「哥哥，我們不是兩個人嗎？為什麼要報三個人的名字啊？」

程稚清一愣，趕緊解釋道：「這不是有備無患嘛……」

總不能說他們路上會撿到一個人，這是為「她」準備的吧？

晏承安似懂非懂地點點頭。

他們正準備回去，突然看到街上很多人朝著城門口跑去。

程稚清拉住一位大哥問：「大哥，發生什麼事了，怎麼大家都往那邊去啊？」

大哥打量了一眼程稚清二人說道：「你們還不知道吧，鎮國公府通敵賣國，貪污軍餉，證據確鑿，這可是掉腦袋的大罪啊！不過皇上仁慈，念在鎮國公有功，沒有砍他們的腦袋，只判他們流放幽州。不跟你說了，我得趕緊過去看看了！」說罷，甩開程稚清的手。

晏承安聽到此話，握著程稚清的手緊了緊，僵在原地。

程稚清察覺到他的動作，蹲下輕聲問道：「要過去看看嗎？不過我們不能離得太近，只能遠遠看一眼，怕有人會認出我們。」

晏承安點了點頭，堅定地吐出一個字。「去！」

他們隨著人潮的方向走去，一路上許多人都在罵晏家不知好歹，居然通敵賣國。

晏家沒出事之前，百姓讚不絕口，說晏家是大魏的保護神，有了晏家才有現在的和平；晏家出事之後，沒一個人記得晏家做過的事情，好像晏家對不起他們一樣，把晏家做過的所有好事都抹殺了。

晏承安因人小走得慢，程稚清害怕人多，把他撞著，便抱著他走。

一路上聽著百姓的謾罵，他沒有絲毫反應，就跟沒聽見一樣。

程稚清帶著晏承安擠到人群之間，只見晏家傷勢最重的人戴著腳鐐、手銬躺在平板車上，由其餘人推著走。

周圍的人還在說，皇上仁慈，念著晏家保家衛國，立過大功，還賞他們一輛平板車。

不過是矇騙眾人的手段罷了。

皇帝怕他們死不了，會回來報仇，又以審訊為藉口，給晏家男人用刑。

素言兒子在凌晨終於撐不住走了，明慕青苦苦哀求請人幫孩子看看，沒有人敢幫他們，反倒是孩子一死，馬上將孩子搶走，扔去亂葬崗。

晏承平瞪大著眼，看著平日裡威風凜凜的祖父、父親、大哥，如今擠在一輛一個人能勉強躺下的車上昏迷不醒，無法行走；二叔一個文人卻戴著手銬、腳鐐，身前綁著麻繩拉著車；連平日裡最活潑不過的三叔都彷彿一夜間長大了，在後面幫忙推。

爽利的母親，溫柔的祖母，還有二嬸、大姊，個個面容枯槁，戴著沈重的腳鐐，分別彎著腰，站在板車兩側扶著它行走，生怕一個不穩，他們掉下車傷得更重。

人群中一個婦人聲音嘹亮，呼天搶地。「我男人犧牲在戰場，原還有撫恤金，結果卻一年比一年少，我們家人都要活不下去了。原來都是被他們吞了，這都是我們活命的錢啊！現在惡人終於遭報應了，哈哈……」

明慕青聽不下去，想要反駁，卻被白舒雲拉住了。

是了，這麼多百姓，沒有一個人為他們說話，連軍眷都如此誣陷他們，他們怎麼辯解呢？

晏承安紅著眼死死盯著眼前這一幕，恨不得把這些辱罵家裡人的刁民給打死。

四爺晏修同雖然經歷如此變故，但還是少年心性，聽到這一番話陡然點燃心中的怒火，衝上前要與那婦人爭辯。

程稚清看著暗道不好，此時也顧不了這麼多，抱著晏承安，衝到晏修同身邊將他推倒在地。

明慕青衝上前擋在他身前，放低身段。「他還是個孩子，饒了他吧！」

「饒了他？那誰饒了我？我娘知曉爹戰死，早產生下妹妹，如今還體弱多病，我們兄妹倆靠著村人時不時接濟才能活下來，妳輕飄飄一句話能換回我娘親嗎？」

程稚清活脫脫一個失去親娘的少年形象，滿臉通紅地喊著，手裡抱著晏承安作為遮擋，偷偷塞給明慕青三顆保命藥丸和一百兩銀票，更多的實在怕他們藏不住。

明慕青死死攥住手裡的東西，怔怔地看向晏承安，一時間竟說不出話來。

這是她的孩子，就算臉色黃了一些也不可能認不出來。

晏承安雙眼含淚，雙唇止不住地顫抖，看著明慕青似乎要喊出「娘」。

程稚清急忙將晏承安的腦袋按在自己的懷裡，朝她吼道：「看什麼看，我妹妹如今這樣都是你們一家害的！看妳把她嚇成這個樣子。」

周圍的人群隱隱有些躁動，一旁的官差害怕出事，紛紛抽出劍圍上來，程稚清見狀便悄悄退回人群中。

百姓見到此情景，生怕一不小心劍砍在自己身上，氣氛一時有些凝滯。

程稚清趁現在沒有人注意他們，帶著晏承安悄悄回家。

官差催促著他們快走，明慕青失魂落魄地跟著車走，似乎被嚇到的樣子。

晏承安回了家，把自己關在房間再也沒有出來。

程稚清也沒有說什麼，畢竟晏家流放已成事實，他要學著接受。

時間已經不早了，程稚清出去外面酒樓帶了點東西回來，當作晚飯。

既然打算跟著流放，這幾天最重要的就是收集物資，沒有開伙的必要。

程稚清將東西擺在晏承安房間裡，兩個人靜靜吃著，誰也沒有說話。

「那個大娘我認識。」晏承安突然冒出一句話。

「她隔三差五就來我家要錢，我家沒錢了，一次給的比一次少。家裡這些年很多東西，包括娘親和二嬸的嫁妝，都被祖父和爹爹給那些犧牲戰士的家人了，我們家都是靠著娘親和二嬸的嫁妝過日子。」晏承安的眼淚一顆一顆滴在桌上，聲音哽咽。「為什麼……他們覺得是我們的錯？」

小孩子哪裡懂那麼多，他們的世界非黑即白，覺得我對你好，你就要對我好。

程稚清努力用最通俗的語言給晏承安講「升米恩，斗米仇」的故事。「從前有一個人在困難的時候向你借了一升米，你借了他，他十分感謝你。他一次又一次向你尋求幫助，你也一次次都幫了。突然有一天你家裡的米沒了，他又一次向你借米，你拒絕了。他就覺得你這個人怎麼這麼壞呢，我都要餓死了，你卻不願意幫助我，為什麼前幾次能幫，現在就不願意幫了呢？

「你祖父就是這樣，他只考慮犧牲者的家庭會有困難，他們向他求助便選擇相信，並沒有去查一下。朝廷只給犧牲者五兩的補貼，更多的就沒有了。你祖父不忍心看到犧牲戰士的父母妻兒窮困潦倒，一次次選擇了幫助，卻沒有想到因此養大了他們的胃口。」

晏承安著急問道：「那我們不幫他們，不幫，是不是就不會有這麼多事了？」

程稚清摸了摸他的頭。「不，我們幫助他人的時候要懂得分寸，教他們怎麼捕魚，總比直接給他們魚要好不是嗎？」

京城，雲石山。

傍晚，天色逐漸暗沈，從山的一邊走來一群人。

這些人個個戴著腳鐐、手銬，拖著沈重的步伐一步一步往前走，隊伍中有一個人沒適應犯人的身分，大聲嚷嚷著不想走了，被官差一鞭子打下去沒了聲音。

直到天色越來越暗，快看不見前方的路，領隊的大人才宣布休息。

流放的隊伍加上晏家，總共三家人。另外兩家人是實打實貪污受賄被查出來，金額巨大，富得都快超過皇上了。

晏瀚海和白舒雲共有四個兒子：老大阮宏方，八歲時父親在戰場犧牲，他變成了孤兒，被晏瀚海收養；老二晏修遠，其妻明慕青，孕育兩子晏承平和晏承安，一家從軍；老三晏修景，夫人鍾思潔，一家子文人，共有一兒一女，晏承淵和晏綺南；老四晏修同，不過十三歲。

此時晏修景一個人拉著三個大男人，身前的麻繩已經勒出血印，腳步虛浮，就算後面有兩人幫忙，但大部分的力氣也還是他出。

一個文人沒有多少力氣，便落在隊伍最後面，後頭的官差不滿他們走得如此慢，打了晏修同和晏承淵好幾鞭子。

在聽到可以休息的時候，晏家人齊齊鬆了一口氣。

今天不過走了兩個時辰，十多里路，還沒出京城範圍，到幽州還有兩千多里，足足要走兩個多月。

晏修同帶著晏承淵去領吃食了，他們想讓晏修景多休息。

板車上的三人，在走十多里路時醒了，本想要自己下車行走，卻連站也站不起來。

明慕青眾人將板車上的三人放下，讓他們不要擠在一起，車子不平穩，傷口總是撞在一起難以癒合，坐在地上總是舒服一些。

晏家一行人和另外兩家人隔得有些距離，他們不敢跟晏家沾上關係，自然是能躲就躲。

明慕青想了一路，在那種情況下，只有程稚清帶著嫁妝大搖大擺走出晏家，藏一個三歲的孩子應該沒有問題。

想必素言把承安託付給她了，今天見到的小少年應該就是程稚清。

明慕青看著官差也去吃飯，沒有對他們嚴防死守，便扶著晏修遠讓他靠在自己身上，小聲說道：「今天我看見承安了。」

晏修遠有些激動，握住她的手，他們只知道素言掉包了孩子，卻不知孩子的下落。「咳咳，在哪兒？」

明慕青將今天發生的事一點不落地告訴他，還將手裡的三顆藥丸和一百兩銀票偷偷拿給他看，問他是否要吃這個藥。

晏修遠沈凝片刻後，將此事告訴一家人。

晏瀚海知曉此事，沈默片刻。「也好，總歸不用受這流放之苦，承安才三歲怎麼受得了。」

晏瀚海是一個愛國忠君之人，秉持著「君要臣死，臣不得不死」的想法，可是在遊街示眾的時候，卻聽到了那麼多百姓的謾罵羞辱。

他不禁想，自己為什麼要保家衛國？他們付出那麼多的血汗，竟沒有一個人說一句好話？

他們一家人沒有什麼別的想法，只想安安分分一家人在一起生活。

「今天吃這個烏黑的東西。」晏修同的聲音打破眾人的沈默，他和晏承淵一人抱著黑麵饃饃，一人抱著竹筒，裡面裝著水。

晏修同長這麼大也沒見過黑麵饃饃，自然不知道叫什麼。

朝廷怕流放之人私自逃跑，給的吃食極少，一人一天就兩個黑麵饃饃，一小節的竹筒水。

眾人圍坐在一起吃著晚飯，一邊小聲談話。

「修同，你今天在大街上的時候，是不是準備上前和那婦人爭辯？」白舒雲了解自己的小兒子。

大家都認識那個婦人，如果是不知詳情的人罵了就罵了，但是那婦人隔三差五就上門討錢，他們從沒有拒絕過。

不說在他們落魄之際幫他們一把，但是此刻踩上一腳，這是晏修同不能接受的，他性子急躁，容易衝動。

晏修同撓了撓頭答道：「是，但我還沒走兩步就被推到了。」

「難怪啊，稚清抱著承安應該躲得遠遠的，怎麼會突然衝上來，原來是這樣。」白舒雲感慨道。

「什麼？承安不是……不是被搶走了嗎？怎麼會出現在街上？還有稚清，不是與承平和離了？」晏修同有些震驚。

明慕青將事情的前因後果解釋了一番，又說道：「稚清帶著承安應該是想送我們最後一程，但是看出你衝動，不得不上前。現如今百姓都以為我們晏家通敵賣國、貪污軍餉，你再和那人辯解，引起民憤怕是不好收場。」

晏修同有些難過自己的衝動差點惹出大禍。「我……我沒想這麼多，稚清和承安應該不會有事吧？」

「稚清是個機靈的，帶承安來見我們是做了萬全的準備，應該沒事。對了，稚清還偷偷塞給我三顆藥和一百兩銀票，應該是看爹你們傷勢嚴重，這藥吃嗎？」明慕青說話間將一百兩銀子交給白舒雲保管。

「娘給我先試試，沒事再給爹和爺爺吃。」許久沒有開口的晏承平突然說話。

「這……」明慕青有些遲疑，但看見晏修遠點了點頭，藉著給晏承平吃黑麵饃饃時，一起餵給了他。

大家忍不住擔憂地看著晏承平。

晏承平吃下藥後，感到身體裡有一股熱流，想必是藥起作用了，他朝著父親和爺爺點了點頭。

晏瀚海發話。「吃吧！明天這輛板車應該就不會給我們使用了。今日不過是想讓京城百姓看看，他這皇上做得有多麼仁慈，晏家通敵賣國，皇上還念著舊情沒有趕盡殺絕。他怕啊，生怕我們晏家起兵反了，卻又不敢直接殺了我們，想讓我們死在流放之路上，我偏要活得好好的。」

第四章

卯時，天未大亮。

程稚清帶著晏承安前往亂葬崗。

昨日程稚清沒有見到被替換的孩子，就知道他應是撐不住，去世了。

詔獄通常會將已死之人馬上拖去亂葬崗，以免發生疫病。

晏承安昨日就被告知今天應該做什麼，也知道自己要去做什麼，是那個小孩換了自己一條命，不能讓他暴屍荒野，連個全屍也沒有。

於是，二人到了亂葬崗，就被眼前的一幕所震驚。

密密麻麻的屍體堆在一起，有的屍體已經化為白骨，有的被野獸啃得七零八落。

空氣中瀰漫著腐敗的氣息，蒼蠅到處飛。

兩個人收拾好自己的心情開始尋找起來，好在一個三歲小孩的身影不常見，沒一會兒就尋到了。

幸而昨日下了雨，野獸沒有出沒，屍身還完整。

他們在此處另尋一塊地，讓孩子入土為安，用石頭當作碑。目前形勢緊張，也不知道到底有沒有人盯著，只能做到如此。

程稚清和晏承安處理完一切馬上回家。

程稚清告訴晏承安京城不安全，他們兩個遲早會被人盯上，不如跟著晏家去流放，還能在路上幫他們一把。

晏承安聽見可以跟著晏家，眼睛都亮了。

程稚清將晏承安留在家中，一個人出去搜集需要用到的物資。

她租了一座小院，換了女裝，先去布莊買了十床被子，男裝、女裝各二十套，棉衣四十套，小孩穿的童裝、棉衣二十套，鞋子男女各二十雙。現在天氣逐漸轉涼，再過一個月就要入冬，走在路上沒有棉衣可不行。

她又去糧鋪買了麵粉、大米各一萬斤，馬鈴薯、紅薯、玉米各一萬斤，粗糧一萬斤，油鹽醬醋茶等調料一萬斤，各種乾貨、肉類一萬斤，匕首、菜刀、剔骨刀和皂角、澡豆類等生活用品也買了不少。出行用的小鍋買了五個，種子類能買的都買了一點，將來打算在空間內種植。

晏家人流放，身體多少都有虧損，還需要替他們調理身體，因此藥材也是不可或缺。

林林總總買下來，總共花了二千多兩。

因為買的東西量大，店家看程稚清就跟看財神爺一樣，調貨還要等三天時間。

於是她又花了三十兩買馬車，特意要求將車廂做大一些。

因為她不會駕駛馬車，特意花了三天時間，學習如何駕馭。

忙了三天終於把貨備齊了，程稚清怕人黑吃黑，特意等到晚上去收貨，發現門口有人盯梢，用剛製好的迷藥，迷暈盯梢的人，也順便試試藥效如何。

眼見看守之人倒地，程稚清上前踹了兩腳，見徹底沒有動靜後，乘機進入屋子收了物資溜之大吉。

第四天一早，程稚清前往最大間的牙行。

普通牙行怕是不敢收她的房契，禮部侍郎對於普通人來說是不敢得罪的，畢竟官大一級壓死人。

而這個牙行有皇室之人撐腰，背後有勢力就不一樣了，有許多人眼饞五進四合院，若他們拿著房契去查收，區區一個禮部侍郎的程明知，還要恭恭敬敬送人出來。

這座五進院子賣了八萬兩，因為時間緊，壓價高，不然十幾萬兩也是有人願意買。

但是程稚清不在乎這麼多，只要看到程明知不爽，她就開心。

拿到錢後，她立刻和牙行之人去衙門辦移交手續。

程稚清駕著馬車回家，馬車內裝著一些常用的物資。她叫上晏承安準備啟程，又怕素言有不時之需，在屋內留了一百兩銀票給她。

已經耽誤四天了，中間還下了一天的雨，也不知道晏家他們現在情況到底怎麼樣了……

天空逐漸變得昏暗，頭頂上方已經聚集一大片烏雲。

不知何時淅淅瀝瀝地開始下起小雨，冰涼涼的雨水落在人們的臉上、身上。

「不想淋雨就趕緊給我走。」為首的官差王沈凌空抽出一鞭，發出「咻咻」的聲響。

緊接著雨越來越大，天空陰沈得沒有一絲光亮，整個天地間彷彿只有雨砸在地面的聲音。

犯人的求救、不滿聲，被雨點落在地面的聲音蓋過，不一會兒，人們身上全都濕透了。

「快走！前面有間破廟，先去那裡避避雨！」王沈率先騎著馬，前往破廟。

身後的犯人也在看守官差的催促下又一次加快了步伐。

所有人的衣服都濕透了，晏家男人們將女人圍在中間，阻擋別人的視線。

官差已經生起火，眾人向官差借了火，烤一烤身上的寒氣。

晏綺南濕透的衣服緊貼著嬌軀，黑髮狼狽地貼在臉頰，髮尾止不住地滴水，整個人不停發抖。

這一路所有人都有些忽視晏綺南，他們的重心更多在受傷的男人們身上。

晏綺南也乖巧，一路上都沒有抱怨過，就算有的時候真的有點挺不住，也硬咬著牙堅持走下去。

她看著爺爺、大伯、大哥，重傷後服藥也不過堪堪能夠自己行走，自己不能再給家裡添麻煩了。

此時，鍾思潔終於看出女兒的不對勁。「綺南怎麼了，哪裡不舒服？」

晏綺南有些忍不住輕聲說道：「娘，我有些冷。」

鍾思潔看著女兒通紅的臉，手探上她的額頭，一摸才知竟如此燙，頓時著急萬分，懊惱自己竟然忽視了女兒這麼久。

鍾思潔緊緊抱住女兒，妄想從自己身上將熱量分給她。「怎麼辦？綺南發燒了。」聲音帶著哭腔。

眾人都有些著急，晏綺南有些昏昏沈沈卻還是說道：「沒事的，只是有一點冷。」

眾人像熱鍋上的螞蟻急得團團轉，晏瀚海不禁有些懊悔，早知當日的藥就不吃了，自己這麼大年紀，死就死了，現在卻眼睜睜看著孫女受苦。

白舒雲將衣角撕了一塊下來，沾了些冷水冰敷在晏綺南額頭上。

流放的三家人，只有晏家是被直接關押詔獄，皇上也不讓外人送予他們東西，其他兩家手裡或多或少有點錢，可以與官差行個方便。

只有他們一路硬熬著，手裡有錢也不敢隨意亂花。

晏承平看著也感到著急。「爹，官差手裡應該有藥，我們跟他買一點吧？」

眾人這才想起來，官差押解他們兩個月，應該有準備一些吃食、藥品。

晏修遠拿著錢走向官差，語氣低微。「大人，我家小姪女身體不適，能否請大人給個方便，給我們一點藥。」說著把一百兩塞在王沈手裡。

王沈藉著火光看著手裡的一百兩，嘴邊勾起一抹笑，這麼多人就晏家最窮，沒想到手裡還有點東西，吩咐下屬取藥。

「拿走吧，這個瓦罐也拿去吧，記得還回來。」

「好好好，謝謝大人、謝謝大人。」晏修遠彎著腰不斷說著感謝的話。

晏修遠將藥拿回去，明慕青馬上把藥熬了，給晏綺南喝下。

雨停後，眾人開始趕路，路上的水還未乾，拖著沈重的步伐一步一步向前走。腳踩在水坑中，鞋上都是泥水。

鍾思潔和明慕青扶著還有些昏沈的晏綺南，走了十里。

晏綺南靠著母親和大伯娘的支撐，迷迷糊糊地往前走，突然眼前一黑，沒了知覺，人往前栽倒。

鍾思潔和明慕青二人沒有防備，攙扶不及，三人摔作一團。

鍾思潔著急起身，和明慕青一起扶起晏綺南，雙手扶著她的肩搖晃道：「綺南，綺南，妳怎麼了？能不能聽到娘的話？」

晏家眾人著急圍成一圈，周圍的官差立即上前。「趕緊走！」

鍾思潔跪在地上求著官差。「大人，大人，求求你了，歇息一會兒吧！我女兒暈倒了，歇一歇吧！」

官差一鞭子抽下去，鍾思潔身上便多了一道血痕。「歇什麼，今天你們已經歇得夠久了，趕緊給我起來走！」

晏承平揹起晏綺南，繼續跟著隊伍，豆大汗水順著他剛毅的臉頰而下，腳步也越發沈重。

朝廷害怕他們吃飽了有力氣逃跑，所以沒有發放多少食物。

晏家眾人身上帶傷又吃得不夠，就算輪流揹也根本沒有力氣再負擔一個晏綺南。

晏家人越走越慢，官差抽了他們好幾鞭子也沒有辦法。

王沈看著他們行走的速度實在影響隊伍，加上晏綺南除了滿臉通紅，沒有任何知覺，喊也沒有反應，便判斷晏綺南沒救了，下令就地掩埋。

鍾思潔緊緊抱住晏綺南，不讓人搶走她，嘴裡大喊：「我女兒沒死！她沒死！你們憑什麼扔下她！她再喝藥就好了。」

王沈嗤笑一聲。「藥？你們哪裡來的藥？你們還有錢嗎？我們的藥可不多了，不能浪費在一個將死之人身上。」

說罷，訓斥一旁的下屬。「還愣著幹麼？還不趕緊埋了！」

官差上前就要搶人，晏家眾人不讓，雖然沒力氣，但是武功還在，憑著一股勁將圍上來的官差全部打倒在地。

王沈看著晏家眾人屢教不改，還敢襲擊官員，立即下令全部捆起來。

雙拳難敵四手，縱使武功還在，但是晏家眾人戴著腳鐐、手銬，身上又帶傷，面對二十多個官差也是心有餘而力不足，很快便落了下風。

官差看他們沒有力氣，一哄而上將他們綁了起來。

王沈陰沈地看著晏家，賞了他們幾鞭，下令拖著走，留一個官差在原地處理晏綺南，其餘人接著走。

鍾思潔大喊著，其餘人想要掙脫，卻沒有辦法，眼睜睜地看著那個被留下的官差挖了坑。

晚上休息時，晏家眾人已經被解綁了。

王沈為了懲罰晏家不聽話，沒有給他們晚飯，想挫他們的銳氣，階下囚竟敢這麼橫。

晏家眾人沈默地坐在地上，今天的打擊對他們來說實在太大了，他們沒有管身體上的疼痛。

身體再疼，也沒有疼過心裡的痛。

幾個大男人保護不了一個十二歲的小丫頭，讓她獨自一人死在異鄉，連立個碑也沒有辦法。

鍾思潔坐在那裡，嘴裡不知道念叨著什麼，臉上帶著麻木不仁。

晏修景紅著眼眶握著妻子的手。

他也恨，恨自己沒有救下他們的女兒，為什麼老天如此不公，要如此待他們晏家，為什麼自己這麼沒用！

他眼睜睜看著女兒被人害死，卻沒有辦法阻止。

晏承淵怔怔地坐在那裡，腦海中盡是妹妹平日裡的笑顏，一想到妹妹被丟在那裡無人管甚至還要被活埋，就心痛不已。他緊握著拳頭，上面暴起的青筋清晰可見，恨不得將這群官差全部殺死，為妹妹報仇。

晏瀚海看著兒子們、孫子們，心想著自己沒有造反之意，卻被猜忌而家破人亡，如果他反了這天下，是不是就沒有人可以將他們家逼到如此絕境？

京城，程府。

牙行老闆與程稚清在衙門辦好房契轉交手續後，馬上帶著一眾下人，前往程府收房。

他與主人可是誇下海口，三天後這房子就沒有別人。

程府管家看著牙行老闆拿出房契而不知所措，立刻通知程明知。「老爺，牙行的人帶著地契上門要收房啊！」

程明知立刻前往前廳，同時有些不解，這房子不是他的嗎？怎麼會有人上門收房？

牙行老闆看著程明知，向著他行了個禮。「程大人安好，今日前來多有冒犯，但也是不得已為之，我們今天收到的房契正是您這裡，還請您收拾後將房子還給我們牙行。」

程明知大怒。「這房子明明就是我的！怎麼變成你們的了？」

牙行老闆不慌不忙又行了個禮。「還請程大人拿出房契一看。」

程明知一愣，當初是程書楠付錢買宅子，房契根本沒有給他，而他為了保持好相公的形象，說夫妻一體，房契放誰那兒都一樣，後來就忘記這件事了。

一定是程書楠把房契給了程稚清！

好啊，程稚清拿著房契不告訴他，竟還擺了他一道！早知當初應該把她掐死，讓她和她的短命娘在黃泉路上作伴！

牙行老闆見程明知沒有回答，提高音量又重新問了一句。「不知程大人可有房契？」

程明知陰沈著臉。「多少錢，出個數，這房子我買了。」

牙行老闆也不急。「十六萬兩，您也知道，畢竟這房子當年如果不是出了事，按照您的品級是住不上的，況且這帶花園的五進院子也是稀罕，這個數已經是最低了。」

程明知聽到十六萬兩，臉上立刻暗沈下來，不過為了他的面子，沒有當場翻臉。

他沒想到這宅子竟然這麼貴，如果他知道，當初直接拿著這宅子做人情，官位不知上了幾階，也不用這麼多年辛辛苦苦、汲汲營營。

他手頭的錢給了程稚清後不過剩三萬五千兩，原以為五萬兩就頂天了，自己湊一湊還能買下，可是……十六萬兩啊！

程明知用力收起不太好看的臉色，假笑道：「確實有些貴了，不知可否便宜一些？」

「自然是不行，既然程大人買不起，就請盡快收拾，三天後要收房，請程大人諒解。」牙行老闆說罷，拱拱手走了。

程明知氣急敗壞，拿過一旁的杯子狠狠砸向地面。

程稚清估算時間差不多了，便到衙門拿了身分文書和路引，要回去的時候，路上的行人已經多了不少，街邊小販的吆喝聲此起彼伏。

她前往寄放馬車的地方，駕駛馬車回家，快到家之際，鑽入車廂將吃食、被子和常用物品放在車廂裡。

回到家後，她叫上晏承安，帶上家中的物品上馬車。

程稚清駕著馬車順利過了城門，午時二人在馬車上隨意吃了些東西才啟程。

昨日下了雨，路上還有些泥濘，馬車行駛飛快，濺起的泥水偶爾濺在路人身上，引起幾聲咒罵。

程稚清雖有些愧疚，但是沒有理會。

按照原主記憶中晏承平的敘述，當時流放沒幾日就下了一場大雨，晏綺南勞累過度加上風寒入體，很快就發起高燒。

領隊的官差看她沒有救治的希望，就命令手下就地掩埋，晏家拚命掙扎卻沒有用，眼睜睜看著她一個人被丟下。

這也是晏家死亡的開始。

晏承平奪得大權後，為家人一個個報仇，卻從得令活埋晏綺南的官差口中得知，他曾受過晏家恩惠，沒有將晏綺南活埋，只是將她安放在路邊，希望過路人可以救她一命。

上一世晏家沒有錢買藥，晏綺南發燒時，病情更加來勢洶洶，被丟下的時機也更快。她在昏迷兩天後清醒過來，發現只剩自己一個人，周邊沒有其他人，那些手銬、腳鐐全都不見了。

她兩日沒有吃東西，加上病還未好，渾身一點力氣都沒有。她緩緩爬向樹邊，從樹底撿了一根樹棍，靠著樹棍的支撐一步一步用盡全力向前走。

她還要去找她的家人。

可是還未走出一里路，手中的樹棍突然從中間折斷，她也一下子脫了力，頭暈目眩，兩眼發昏，最終沒能站起來，永遠倒在那裡。

連個收屍的人也沒有。

程稚清不知現在情況如何，按照記憶中的發展晏綺南現在應該還未醒，但她塞給明慕青一百兩應該是足夠買藥。

最好的狀況是晏綺南還安全地跟在流放隊伍中，但情況不可預知，她只能加快速度趕路，希望能儘早趕上流放隊伍。

到了晚上，程稚清和晏承安烤了兩個紅薯，當作晚飯。吃過晚飯後，他們就沒有趕路了，畢竟晚上趕路不安全，路都看不清楚。

今天駕著馬車趕路不過走了一百多里。

按常理，流放之人一天平均走三、四十里，他們明日大約就可以趕上隊伍了。

第二天一早，天剛矇矇亮，程稚清就帶著還未清醒的晏承安上路了。

趕車趕了一個半時辰，程稚清遠遠望見，有一個人拄著樹枝跌跌撞撞地往前走。

那人手中的樹枝突然斷了，身子踉蹌一下，隨之摔倒在地上，掙扎了許久都沒有爬起身。

程稚清心裡咯噔一下，加快揮動馬鞭的速度。

程稚清將馬車停在那人身邊，翻過對方的身子，發現是一名女子，她滿臉通紅顯然還在發著高燒。

「小安，將車裡的藥箱和水囊拿下來。」程稚清朝著車廂內的晏承安喊道，一邊讓她靠坐在樹下。

晏承安聽話地拿著東西走出車廂，由著程稚清將他抱下馬車。

晏承安跟隨程稚清走到那名女子身邊，眼睛不由得睜大，跑上前蹲在她身邊，喊著。「是姊姊！是姊姊！」

程稚清交代晏承安將退燒藥給晏綺南服下，再餵點水給她。

水囊裡的水是稀釋過的靈泉水，這些天晏承安喝的都是靈泉水，身體已經有些好轉了，臉色看起來沒有那麼蒼白。

晏承安從小箱子中拿出一個小藥瓶，小心翼翼地倒出一顆藥，塞到晏綺南的嘴裡，再餵給她一點水。

幸好晏綺南還有自主吞服的意識，不然餵藥不會這麼順利。

程稚清拿出瓦罐，升火煮了一點清粥，準備等晏綺南醒來吃。接著她拿了一張帕子，浸了水，幫晏綺南擦了擦臉。
晏承安這才注意到晏綺南渾身上下沾滿泥水，臉面、頭髮上也沾滿灰塵和泥土，嘴唇乾裂出血。
鞋子也有些破了，手上、腳踝上盡是被磨出來的傷痕，還有絲絲血跡。
他低著頭，蹲在一旁紅著眼眶，小小一團就像受傷的小獸，眼淚一顆接一顆滴落在地上。
程稚清抱起晏綺南回到馬車上，心中還感慨一句：古代的女子都是這麼輕飄飄嗎？
程稚清幫她換了一身男裝，將頭髮盤了起來，臉上也加了些偽裝，並將受傷的地方都上了藥後，就留她一人在車廂中休息。
程稚清將晏綺南換下的衣物丟進火中燒了，然後看見晏承安抱著藥箱蹲在那裡哭，不由得有些好笑。
真是一個小哭包！
程稚清走過去坐在晏承安身邊。「以後對外不能喊姊姊了，還記得我們多辦了一個身分嗎？以後，她就是你二哥，知道嗎？」
晏承安紅著眼眶，抬頭看向程稚清，眼裡滿滿崇拜之情，顯然想起多出來的戶籍。
他的眼睛忽閃忽閃，似乎在說：程姊姊怎這麼厲害，竟然會未卜先知！

程稚清有些羞愧難當，忙說飯好了，起身幫晏承安裝了一碗。

當二人吃完飯，馬車中的晏綺南似乎有了動靜。

晏綺南醒了以後，發現自己車廂中，她有些害怕，想起丫鬟們平時閒談時說的人販子，心裡更慌張。

她發現不遠處有一把匕首，便小心翼翼爬起身，哆哆嗦嗦將匕首悄悄拿在手裡，找了一個合適的位置準備逃跑。

車廂突然門一開，一顆圓潤的腦袋探了進來。「姊姊，妳醒了嗎？」

晏綺南手裡的匕首差點捅了出去，聽見熟悉的聲音，她一愣，握住的匕首掉了下來，砸在馬車中發出沈悶的一聲。

她不可置信地看來人，除了臉色是蠟黃的，五官正是她所熟悉的晏承安。

晏綺南一把將晏承安抱在懷裡，整個人都有些顫抖，卻還是輕聲說道：「承安，是不是你也被抓了？別怕，姊姊會保護你的。」

她將晏承安推到身後，手忙腳亂地俯身將匕首撿了起來。

這時程稚清端著粥上馬車，卻見晏綺南雙手緊握匕首，刀尖指著她，聲音微微發抖。

「你……你別過來！快放了我們，小……小心我殺了你。」

程稚清有些無奈。「小安快解釋一下。」

背後的晏承安抓住晏綺南衣服。「姊姊，她是嫂嫂。」

這麼多天的相處中，晏承安雖然一直將程稚清喚作哥哥，但心裡早就把她當作自己的嫂嫂了。

晏綺南無意識地重複了一句。「嫂嫂？」她慌忙扔了手中的匕首，將手縮了回去，臉上充滿著不安的神色。「嫂……不是，程姊姊，對不起，我不知道是妳。」

「沒事，認不出來就代表我的易容很成功。餓了吧？快把粥吃了。」程稚清將手裡的粥遞給她。

晏綺南接過碗，看著碗裡熱騰騰的小米粥。她一口一口吃著久違的食物，發現原來以前普普通通的小米粥，居然這麼好喝。

她吃著粥，想到還在流放的家人，他們現在還吃著難以下嚥的黑麵饃饃，一顆顆淚水掉落進粥中。

晏承安見此安慰道：「姊姊，是不是粥太燙了，都把妳燙哭了。」

晏綺南慌忙擦乾眼淚。「程姊姊，你們怎麼在這裡？大伯娘說，妳帶著承安在京城，還特地來見我們最後一面……」

「我想了想，我那個小肚雞腸的繼妹看見我和離定然十分開心，程明知不讓我回去，給我另租了院子，她一定會隔三差五去找我麻煩，炫耀自己過得多好。我一個人還好，萬一承安被發現就完了，所以乾脆與程家斷絕關係，還從他們手裡拿了一大筆錢，打算跟著你們去幽州，誰知道在路上遇見了妳。」

晏綺南臉上有些羞愧，語氣充滿了自責。「程姊姊，對不起……」

程稚清牽住她的手。「沒有什麼對不起，這是我的選擇。再說要不是明姨，我早就死在程府了，這麼多年受明姨照拂，也是我報答的時候了。別說我了，你們怎麼樣了？那天我給明姨的藥有吃嗎？」

晏綺南仔細和程稚清講了他們這一路的經歷，並對她表達感謝。

「祖父年紀大了，又遭受毒打，板車是在百姓前裝裝樣子，出城就被收回去了。如果不是程姊姊那天冒著危險塞藥丸給我們，祖父怕是……怕是……」

後面的話晏綺南沒有繼續說下去，但是大家都能夠理解她的意思。

晏承安坐在旁邊，小臉上寫滿了認真。

聽到此，姊弟倆很認真地再次對著程稚清道謝。

程稚清有些無奈，轉移了話題。「我們現在是一家三口，我是大哥，妳是二哥，小安是小妹，在外不要喊錯了。我現在叫嚴清，小安叫嚴安，妳叫嚴綺。」

三人將身世編造清楚，以免在外露餡。

「妳身體還沒好，現在也不早了，我們就在這裡休息一晚，明天再啟程，應該可以追上流放的隊伍。我也幫妳易容了，但妳還是儘量留在馬車上不要下來。妳在隊伍裡好些天，雖然現在大家都自身難保，但是怕有人認得妳。」

「程姊姊，我都知道，妳放心好了。」晏綺南點了點頭，臉上充滿堅定。

第五章

天才微微發亮，程稚清已起身做好早飯，眾人吃過後便啟程趕路。

馬車行走了兩個時辰，才看見遠處有一行人正緩緩向前走去。

程稚清放緩速度，打開車廂門，問晏綺南。「是他們嗎？」

晏綺南有些激動，連忙走出來。「是，是，我能看見我娘他們。」

「好了，好了，快進去吧！妳身體還沒好，不要在外吹風了。」程稚清說著話，又加快馬車的速度向前駛去。

車輪快速前進，揚起四周塵土，一時之間整個馬車彷彿籠罩在沙霧之中。

馬蹄聲越來越近，官差們頓時警惕起來，抽出刀等著來人。

程稚清放緩速度停在原地。

王沈騎著馬上前，沈聲詢問。「來者何人？我等受朝廷之命押送罪犯前往幽州，無關人員速速離去。」

程稚清下了馬車，走到王沈面前仰起頭。「不知可否請大人下來說話？」

王沈見程稚清沒有危險便應了。「何事？」

「大人，小民嚴清，原本父親帶著小民兄妹三人前往京城看病，無奈遇到大伯眼紅我家財產，害死我父親，我們兄妹三人好不容易逃了出來，想要去關城投靠舅舅，路上危險，不知可否跟隨大人一路？」

程稚清說著拿出一百兩銀票，偷偷塞給王沈。「這銀票就是當初大伯想要爭搶的，小民深知自己無法保住，就當是給大人的辛苦費吧，還請大人笑納。」

王沈看著手裡的銀票，低頭沈思一下。「行吧，那你們就跟著吧。」

程稚清頓時喜笑顏開，嘴裡忙喊著。「二弟，小妹，快下來。」

王沈看著一個十一、二歲弱不禁風的少年牽著一個面色蠟黃的小女孩，防備也降低了許多，心想：這三個自己走去關城，說不定什麼時候就被搶了。

「二弟、小妹，快謝謝官爺，我們以後就同官爺一路。」

晏綺南故意壓低聲音。「咳咳，謝官爺，謝官爺。咳咳……」

程稚清聽到晏綺南的咳嗽聲，著急道：「怎麼了，還沒好嗎？快回馬車上去，別將病傳給官爺了。」說罷，又不斷鞠躬賠著笑臉。「官爺實在對不住，我這二弟是一個文弱書生，前兩天下雨著涼了到現在還沒好，實在對不住官爺。」

王沈掩著口鼻有些嫌棄，不在意地擺了手，翻身上馬，朗聲道：「繼續走。」

眾人緩緩出發，程稚清看著流放之人一個個衣衫襤褸，面色麻木，行屍走肉般往前走。

目光移至隊尾，她看到晏家一行人，一百多人的隊伍，只有晏家一行人身上處處傷痕，衣裳上血跡斑斑，臉上帶著疲憊不堪的神情，短短幾天時間一個個都瘦了一大圈。

明慕青似乎認出她，臉上的神情似乎有些激動，但是隨即又抑制住，想要開口卻又不能。

程稚清朝著明慕青偷偷點了點頭，便上了馬車。

明慕青看到程稚清的示意，激動地攥緊了扶著晏修遠的手。

晏修遠手上還有傷，被猛地一攥，頓時疼得齜牙咧嘴，傷口隱隱有裂開的跡象，滲出絲絲血跡。

官差看著明慕青愣在原地，怒斥一聲。「走啊，愣著做什麼？」

明慕青這才反應過來，抬腿向前走又是一個踉蹌，晏修遠及時拉住她，悄悄把滲血的手往身後藏了藏，怕她看見。

又走了一個時辰，官差終於讓隊伍停下休息，有些體力不支的人直接癱軟坐在地上。

晏家在隊伍最末端，程稚清駕著馬車跟在他們後面，察覺到鍾思潔的狀態似乎不太對勁，神情木訥，由晏修景和晏承淵兩人強硬攙扶著走。停下休息時，也是愣愣地坐在那裡，不吃不喝，一句話不說，一個動作也沒有，喝水也是被他們強行灌進嘴裡，目光怔怔地看向晏綺南被丟下的方向。

看來晏綺南被活埋，對她造成太大的刺激。

這附近有一座小林子，隊伍裡陸陸續續有人出去挖一些野菜，另外找吃食。

每天兩個黑麵饃饃實在不夠吃，流放之人每天都有人因餓得走不動而倒下。

官差看這樣不行，嚴重影響日程進度，便允許每家出三個人去尋找吃食，如果敢逃跑，就把家人殺死。

眾人為了自己的小命，不得不挑選安分守己的人出去尋找食物，以免有了異心，連累自己。

程稚清看著白舒雲帶著晏修同和晏承淵出去尋吃食。

白舒雲是農家出生，她知道哪些野菜能吃，哪些不能吃，換作其他人可能將雜草當作野菜拔回來。

程稚清看著晏家三人前往樹林，自己便鑽進車廂中。

她不知道不遠處有個人靠在樹幹上正在看著她。

晏承平受傷最嚴重，全身上下傷痕累累，一路靠著晏修同攙扶著走，此時他靠在樹幹上休息，看起來十分憔悴，臉上、身上的血跡沒有清洗乾淨，衣裳破敗不堪，縱然如此也沒透露出難受的神情。

他剛才就發現明慕青的激動，卻不認得這個少年是誰。

他看著程稚清進入馬車，便閉上眼睛小憩。

晏承安下來時，晏家人的視線恰好被王沈擋住，因此沒有人發現晏承安來找他們。

程稚清進入車廂後，叮囑晏承安和晏綺南一些事，就下去了。

「我要你的這些野菜，給我！」晏承安的小奶音中帶著驕橫，手指著晏修同手中的野菜。

晏修同下意識看了一眼這個三頭身的小孩，後退了一步，把手中的野菜往後藏了。

「我說了，我要，快點給我！」晏承安又上前一步，用命令的語氣說道。

晏修同看清小孩的容貌，愣了一下正要說什麼的時候，晏承安似一個小炮彈朝他撞了過來。

他這些天沒吃飽，渾身上下沒什麼力氣，加上身上還有傷，一下子就被晏承安掀翻在地，手裡還緊緊抓著野菜。

沒辦法，他如果不拿著，周圍的人就會衝上前將野菜搶走。

「打起來啦！打起來啦！」

晏承安趴在晏修同肚子上，一伸頭就咬住他的臉，白舒雲和晏承淵聽到聲音立刻上前察看。

周圍沒有人上前幫忙，有個官差聽到聲音趕忙上前看一眼，看到那孩子是嚴清的妹妹後，選擇睜一隻眼、閉一隻眼。

剛剛嚴清送了幾個飯糰給他們，香噴噴的米飯配上臘肉，滋味可美了，他還要回去接著吃，反正一個小崽子不鬧出人命就好了，咬兩口也不礙事。

其餘人看到連官差都沒有管這件事，他們就趕緊繼續找野菜。

白舒雲和晏承淵怎麼拉都拉不開晏承安，晏承淵還被他胡亂蹬著的小短腿給踢了幾下。

白舒雲拉著晏承安。「孩子，我們把採到的野菜都給你，你鬆口行嗎？」

她有些心疼自家的小兒子。

晏承安鬆口從地上爬起來，白舒雲看到他，霎時僵住了，手有些控制不住地發抖。

晏承安眼中帶著淚光，嘴裡還不停地說：「哼，算你們識相！」說著，一把搶過白舒雲他們手中的野菜，像一個戰勝的將軍揚長而去。

白舒雲和晏承淵愣在原地看著那個小小的身影逐漸遠去，直到晏修同發出叫疼的聲音，他們才想起晏修同還躺在地上。

白舒雲和晏承淵一左一右扶起晏修同。

白舒雲顫抖著低聲問道：「是他嗎？」

晏修同雙手抱著肚子彎著腰，低聲「嗯」一聲，聲音微不可聞。

小崽子咬得還挺疼！

外出找野菜有時間限制，沒找到也要回去，不然就是一頓鞭打。

三人空著手，扶著晏修同往回走，像極被惡霸欺負且無處伸冤的小可憐。

晏家人看著二人扶著晏修同往回走，晏修同臉上還帶著一道牙印，連忙上前詢問發生什麼事。

眾人坐下後，每人拿著一顆黑麵饃饃心不在焉地吃著。

白舒雲壓低聲音。「小安來了。」

眾人一瞬間愣神，明慕青的黑麵饃饃更是直接掉到地上。

晏修遠瞪大雙眼，結結巴巴地說：「什……什麼？」

「上午來人帶著一雙弟妹，那個三歲的小姑娘就是小安。」白舒雲輕聲說道。

「難怪，難怪……看來他們的大哥就是稚清了，她帶著小安來找我們了。」明慕青撿起掉落在地上的黑麵饃饃有些激動。

晏瀚海托著晏修同的腦袋，左右來回地轉動，在其他人眼裡，就是一個父親心疼兒子被咬出血，他們完全不知道晏瀚海嘴裡說著。「瞧瞧這俐落的小牙口，咬得可真好看，怎麼沒多咬兩口呢？」

眾人失笑，晏修同心裡默默翻了一個白眼，惡狠狠地咬了一口黑麵饃饃，心想：你自己試試，你小孫子咬得可疼了！

壓抑許久的氛圍此刻有些好轉，晏修景也有些高興，但是看著無動於衷的妻子又嘆了一口氣。

眾人彷彿想到了什麼，氣氛又瞬間壓抑。

如果晏綺南在就好了，那他們一家就團圓了。

晏承平沒有說話，只是默默咬著饃饃，眉頭緊鎖，心中不能夠理解，承安身體不好，程稚清帶著承安留在京城是最好的選擇，為什麼要冒著風險來找他們。

眾人沈默地吃著黑麵饃饃，突然被幾個從天而降的東西砸了一下，呆呆地看著那些圓滾滾的東西滾了幾圈，停在他們面前。

晏修同看清眼前的東西，沒忍住吞了吞口水，咕嚕聲十分清晰。

眾人沒有嘲笑晏修同，大人還能忍，孩子自小沒有受過什麼苦，突然遭罪了，沒有錦衣玉食、山珍海味，這些日子除了黑麵饃饃，還是黑麵饃饃，好不容易挖到野菜也沒吃上。

看見香噴噴的烤紅薯，晏修同的眼神都要黏在紅薯上了。

他們抬起頭就看見程稚清站在他們面前，雙手環胸。「我家小妹可不白拿你們的野菜，這紅薯算補償給你們的，我們不欠你們。」

「噗哧。」看著努力裝出一副囂張模樣卻不倫不類的程稚清，晏承平忍不住笑了出來。

明慕青瞪了晏承平一眼，撿起地上的紅薯來到程稚清面前，語氣溫和。「不……不用了，一點點野菜，孩子喜歡就給了，不用給我們紅薯。」說著將手中的紅薯遞給她。

其餘人悄悄觀察這邊的情況，心裡想著：這晏家人不會是傻子吧，居然不要紅薯？可以給他們啊！

程稚清推了一把明慕青，明慕青險些沒有站穩，手中的紅薯掉落一地。

「我說給你們就給你們！哼！」程稚清惡狠狠瞪了一眼晏承平，轉身就走。

晏承平還沒有認真看過她，結婚那日連她的模樣都沒有看清楚，只記得她嫩白的膚色，不過如今不知道用什麼東西蓋住了。

他看著她滴溜溜的眼睛裡盡是狡黠，沒有絲毫生氣的意思，看來母親說得不對，哪裡膽小文文靜，明明就是一頭機靈的小狐狸。

最終還是晏瀚海發話。「拿著吧。」

眾人才立刻將地上的紅薯全部撿起，緊抱在懷裡，生怕有人來搶。

周圍的人不免有些遺憾，如果晏家不收下，說不定他們能夠分一、兩個。

不過他們也不敢搶，畢竟晏家人在戰場上廝殺過，受了傷都能和官差對打還不落下風，如果不是官差人數多，他們說不定就贏了。

這樣的人家，他們要是敢去搶東西，砍他們不就和砍隻雞一樣簡單？

程稚清回到馬車邊，晏承安馬上湊過來，賊兮兮地說道：「哥，怎樣，我幹得好吧？」

程稚清看了一眼不遠處的晏修同，那俊逸的臉龐上明晃晃地留著一道牙印，嘴角忍不住抽了抽。

讓他去找點麻煩，可沒讓他去咬人啊！

不過程稚清還是摸了摸晏承安的頭。「不錯。」

晏承安摸了摸頭，憨憨一笑。

短暫的休息過後，眾人再次啟程。

經歷一下午的路程，程稚清才明白流放所受的苦，一天二顆黑麵饃饃，不給鹽，為的就是不讓犯人有逃跑的機會，中途誰走得慢一些都會遭到官差的鞭打。

天漸漸黑了，官差不斷催促犯人們走快點，爭取在天徹底黑之前趕到驛站，不然就要露宿野外。

他們最終還是在天黑之前到達驛站。

驛站沒什麼人，只提供住宿飲食給經過的官差，百姓不能居住。

因為程稚清跟著這支流放隊伍，所以被允許住進去，她花了五百文要了一間房，將馬車交給專門的人，便帶著晏承安和晏綺南進了房間。

犯人們住在大通鋪，分為兩批，一間房內住著五十多人，沒有床，犯人直接躺在地上，平躺著都顯得有些擁擠，根本沒有下腳的地方，房中各種氣味混雜在一起，令人作嘔。

晏家人在靠近門的位置，晏修同看著其他人都躺下休息了，便偷偷來到晏承平身邊，示意大家幫他擋著點。

晏家人不知道他要做什麼，但都有意用身體阻擋他人視線。

只見晏修同手伸進衣服中，拿出兩個竹筒。

晏承平挑了挑眉，難怪下午一路上看著晏修同捂著肚子不鬆開，原來如此。

尋野菜時，晏承安趴在晏修同身上咬住他的臉，悄悄將竹筒塞進他的衣裳中，所以他躺在地上一動也不動，生怕被周圍的人看出異樣而報告給官差。

晏修同小心翼翼地打開一個竹筒，將裡面的東西倒在身上，藉著門口縫隙透出的光，只見一粒粒藥丸從竹筒中滾了出來，剛好九顆，還有一包金瘡藥。

金瘡藥是程稚清自己做的，止血消炎效果很好，晏家男人身上傷口一直沒好，長期傷口發膿，對人不好。

因為金瘡藥裝在瓶子裡占地方，程稚清就用油紙包起來，與藥丸一起放在竹筒中。

另一個竹筒中放了幾張紙，打開一看是五百兩銀票和一張小字條。

晏修同將字條打開便愣住了，眾人等得有些著急，晏承平將他手中的字條搶了過去，定睛一看，上面寫著「安」，這字跡是綺南的。

程稚清發現鍾思潔狀態不對勁後，馬上讓晏綺南寫點東西寬慰鍾思潔，如果等鍾思潔自己發現，怕是來不及了。
晏綺南想了想就只寫了一個字，寫多了怕被發現，家人都能認出她的字，先報個平安。
晏承平默默將手中的字條交給晏瀚海，心中已經忘卻了先前對程稚清的不贊同，取而代之的是滿滿感恩，雖然不知道她怎麼救下綺南的，但是現在綺南還安好，就是最大的幸事。
他們幾個大男人沒能阻止綺南被丟下，還要靠一個十五歲的小姑娘相救，現如今她還費盡心思給他們送藥、送吃食。
晏瀚海接過紙條和白舒雲一同看了起來，光很微弱，卻不影響他們視物。他們看到紙條上的字，不禁老淚縱橫。
晏瀚海顫抖著手將紙條遞給晏修景，晏修景有些疑惑，不知為何不先給大哥而是給他。他看著眾人的神色，突然腦中浮現一個想法，於是伸出手，接過字條。
當看到字條上的字跡時，他的眼淚不受控制地流了下來，他看向依舊沒有任何反應的妻子。
鍾思潔抱著雙腿坐在地上，晏修景和晏承淵一左一右坐在她身邊，只見她視線呆呆地看著前方。自從女兒被丟下以後，她就再也沒有說過話，神情呆滯，對人和事都不管不顧。
晏修景將字條拿到她面前，晏家眾人配合著遮擋住他人的視線。
鍾思潔渙散的視線漸漸聚焦到眼前一小張字條上，她看著熟悉的字跡，眼淚先一步湧出眼眶。

她流著淚，不敢相信地緩緩轉頭看向丈夫，直到晏修景堅定地點頭，她才歇斯底里地哭了出來，喜悅一點點漫出，現在她才有活著的感覺，女兒被丟下那一刻，她恨不得跟著女兒一起去死。

鍾思潔的哭聲很大，犯人們有些不滿，卻又不敢與晏家作對，只能私底下悄悄抱怨兩句。

晏修景抱著妻子安慰著，晏承淵有些迫不及待，搶過晏修景手中的字條，僅僅一個字，便驅散了晏家人心中的陰霾。

晏修遠和明慕青雖然沒有看到字條，但是眾人的反應已經說明了一切。

今日來者共有三人，除了程稚清和晏承安，還有一個得了風寒的少年，想來那人就是綺南了。

他們每個人心裡都十分感謝程稚清，感謝她冒著危險撫養晏承安，感謝她救下晏綺南。

這個晚上，晏家人的天空放晴了。

鍾思潔的哭聲驚動外面的官差，官差用刀柄敲了敲門，怒喝一聲。「給我安靜點！」

另一邊的晏綺南聽到鍾思潔的哭聲，忍不住紅了眼眶，悄悄用袖子擦了擦眼睛。

她不敢想，如果自己沒有得救，她娘會怎樣。

晏承安早就睡得跟一頭小豬一樣，程稚清拍了拍晏綺南的肩膀以示安慰。

鍾思潔理智漸漸回籠，掙脫開晏修景的懷抱，擦了擦眼淚，不好意思地朝大家笑了笑。

鍾思潔從兒子手中拿過字條，緊攥在手裡，彷彿這樣才能給她安全感。

一人分得一顆藥丸，這次大家沒有猶豫，第一時間吃下藥。之前看著家人離去的滋味太不好受了，只有健康的身體才有保護家人的資格。

如果他們沒有受傷，區區幾個官差又怎麼是他們的對手？

晏承平拿起油紙包聞了聞發現是金瘡藥，先給晏瀚海上了藥。

晏瀚海年紀大了，身體恢復能力下降，他們還年輕能忍，晏瀚海則不行，本來就常年征戰，身體帶了暗傷，若不及時治療，流放路上舊傷復發就不好了。

晏瀚海上藥後，再給其餘人依次上了藥。

輪到晏承平時，眾人沒想到他傷得如此嚴重，有些地方傷口深可見骨，這一路上，他卻強撐著沒有說過一句。

明慕青看到兒子的傷口，捂著嘴哭了出來，立刻轉頭到一邊，不忍心再看。

前幾夜他們身上疼得幾乎睡不著，但誰也沒有說出口，怕家人會擔心。

今夜有了程稚清送來的藥物，晏家眾人終於不用忍痛入睡，可以安穩睡一覺了。

隔天上路，鍾思潔沒有之前死氣沈沈的模樣，現在整個人精神煥發，渾身充滿了力氣。

晏修景告訴她，程稚清帶著晏承安來了，並且在路上救下了綺南。

程稚清駕著馬車不近不遠地跟在他們後面，她甚至能夠聽到車廂中傳來隱隱的咳嗽聲，她很想向後看，可是她不敢，不敢洩漏一絲有關女兒的行蹤，只能在心裡默默想著。

今日休息時，她跟著白舒雲去外面挖野菜，一是想找機會看看自己的女兒，二是昨晚看到晏承淵的傷口，有些自責這些時日因為女兒忽略兒子，她不是一個好母親，所以她讓晏承淵好好休息，她去挖野菜，順便認識哪一些能吃，總不能都讓男人去做。

她發現女兒沒有下馬車，始終留在車廂內，也明白這是程稚清對她的保護，畢竟那麼多人見過綺南，不能讓她再一次冒險了。

鍾思潔跟著白舒雲挖野菜，認識哪些能吃後就自己去找，她停留在能夠看見車窗位置的地方，一邊觀察車內的動靜，一邊挖著野菜。

程稚清發現後，進入車廂壓低聲音。「小綺，妳娘在外面，妳讓她看看妳，安安心。」說完，就出去了。

晏承安又跑到晏修同那裡找麻煩似乎上了癮。

晏綺南悄悄將車窗的簾子掀開一個角，看到了鍾思潔。

她娘是大家閨秀，琴棋書畫樣樣精通，以前她從來不會蹲在地上，現在她不僅蹲在地上，還直接用手去挖野菜，雙手不僅有泥土，還有很多細碎的傷痕，看了令人心疼。

鍾思潔似乎有所感應，抬起頭就看見一個瘦小男子掀開車簾的一角看著她，她知道這是自家女兒，雖然模樣不一樣，可她就是能夠認出來，這就是母女連心吧！

鍾思潔看著晏綺南紅著眼眶，無聲喊了一聲「娘」，她心一震，眼淚霎時落下來，這一刻才真真切切感受到女兒還在的事實。

程稚清在外敲了敲車門作為提醒，晏綺南連忙放下車簾，擦了擦眼淚，心中想著，到了幽州就可以正大光明團聚了。

鍾思潔看著晏綺南匆匆放下簾子，不免有些遺憾，她還沒有看夠女兒，不過內心已經很滿足了，她知道女兒跟在他們後面就安心許多。

她擦了擦淚水，帶著為數不多的野菜回到隊伍中，一回去就發現地上又多了幾個紅薯，晏修同臉上又多了一道牙印，兩邊還對稱了，她差點沒有忍住而笑出聲。

只見白舒雲看著地上的紅薯，一臉苦大仇深地對晏修同說：「孩子，苦了你了，不過能給家裡換一點紅薯也值了，畢竟樣貌沒有什麼用，活命才是要緊事啊。」

晏家其餘人努力憋笑，在他人眼裡就是敢怒不敢言。

想不到堂堂鎮國公府居然要靠出賣兒子換取紅薯，但是轉念一想，不就是三歲娃娃咬兩口就能換飽腹的紅薯，他們也行啊！

半個月後，流放眾人走了四分之一的路程，到了荊州境內。

荊州早年旱災，流民占領安新山，成立黑蟒寨，靠搶劫為生。

這些年黑蟒寨越發壯大，朝廷派兵多次鎮壓沒有結果，山匪越發猖獗。

程稚清並不知情，但也察覺到官差自從進入安新山範圍後，個個嚴陣以待，手握著刀柄，神情嚴肅。

這半個月靠著吃食和官差打好關係，每個官差見到她都喊一聲「小嚴」。

程稚清拿著新鮮出鍋的玉米餅給王沈，順便打聽消息。

王沈見到程稚清拿著吃食，不禁露出一個笑容。他們押送犯人吃不上熱呼呼的食物，有白饅頭就不錯了，偶爾路過城鎮還能打打牙祭，可大多數都是荒郊野嶺，上哪兒弄吃食，他們一個個大男人也不會做，不過自從嚴清來了，他們就有口福了。

「小嚴啊，今天又做了什麼？我隔老遠就聞到香味了。」王沈坐在地上朝著程稚清朗聲問道。

「玉米餅而已，不是什麼好東西，大人您就別誇獎我了，將就著吃。」

「欸，這話不對，你說你一個小夥子廚藝怎這麼好？」王沈咬了一口玉米餅，有點疑惑問道。

程稚清露出一個苦笑。「我娘生下小妹就難產走了，我爹一個大男人哪裡做得來飯，我就自己跟著鄰居大娘學了幾道菜，然後慢慢摸索著做。」

王沈明白窮人家的孩子早當家。

「對了，大人，最近是不是要發生什麼事了？」程稚清將心中的疑惑說出口。

王沈的眼神瞬間像一把劍射向程稚清。「哦？怎麼說？」

程稚清裝作沒有看懂他的眼神，撓了撓頭，憨笑道：「我看最近官差大哥好像很嚴肅，手一直拿著刀，都沒有放下來。」

王沈哈哈一笑又迅速轉變為嚴肅的神情。「你小子觀察還挺仔細的，你知道這裡是哪裡嗎？荊州，我們到了荊州的安新山，這裡有一個黑蟒寨，朝廷多次派兵都沒能清剿成功，我們要是遇上了怕是凶多吉少。」

程稚清聽到安新山後臉色大變，她差點忘了，晏修景就是在這裡死的。

上一世流放隊伍經過安新山，正好遇上黑蟒寨大當家帶人回寨，大當家一眼看上鍾思潔，要搶她回去做老婆，晏家眾人不讓，於是兩方打起來，最終晏修景為了救鍾思潔而亡。鍾思潔當時已經有三個月身孕，死了女兒又經歷丈夫離世，沈重打擊下便流產了。

晏承平帶著傷拚命殺了黑蟒寨的大當家才將他們擊退，官差也死了好些個，損失慘重。

王沈看著程稚清慘白的小臉，以為他被嚇到了，便安慰道：「別慌，不會這麼湊巧遇上的，如果真的遇上了，你帶著弟妹躲到我們包圍圈內，我們會保護你們的。一個大男人嚇得臉都白了，像什麼樣子。」

程稚清聽見他的話回過神，勉強對王沈笑了一下，嘴裡嘟囔著。「這群犯人裡面不是有上過戰場的人嗎？他們可以去打山賊啊，當過兵應該都不弱吧？死了就死了，應該也沒什麼關係吧。」

王沈聽到這些話，眼中閃過精光，卻沒有繼續說什麼。

對啊，晏家人武藝高強，當初只有四人就掀翻了他們二十來人，自己怎麼就沒有想到！

程稚清回了馬車後，王沈立刻叫手下喊來晏瀚海。

晏家人不知道王沈有什麼事，有些擔心地看著晏瀚海，晏瀚海擺擺手示意沒事，跟著去了。

這半個月，在程稚清不斷偷偷送藥、送糧食的接濟下，他們身上的傷已經好了七、八成，只有晏修同臉上的傷遲遲沒有消下去，一個好了，另一個新的咬痕就續上。

他們還是裝作虛弱的樣子，以免有人看出端倪。

晏承平意味深長地往馬車附近看了一眼，剛才她去找王沈說了什麼，之後王沈才派人來尋爺爺。

晏瀚海被人帶到王沈面前，他雙手握拳向王沈行禮。「王大人。」

王沈立刻後退一步，伸手將他扶起。「國公爺請起。」

「我早已不是什麼國公爺了，王大人不必如此稱呼，有什麼事就直說吧。」

王沈是一個能屈能伸之人，如今為了能夠保住自己的命，面子算什麼。

「晏老，是這樣的，如今我們已經在荊州安新山，安新山有個黑蟒寨，相信您應該聽說過。我就直說了，咱們合作如何？」王沈也沒有廢話，直接開門見山。

晏瀚海沈思片刻，他知道黑蟒寨的土匪，眼下與官差合作是最好的打算，這樣他也算欠了晏家一個人情，家裡人能好過一點。

「怎麼合作？」

「如果遇上黑蟒寨之人，你們晏家助我們打退來人，我可以摘下晏家女眷的腳鐐、手銬，如何？」王沈話音落下，遲遲不見晏瀚海說話，怕他不同意，又急忙說道：「晏老，當初您家小姑娘，真的不是我故意丟下的，我也給了藥，甚至借了瓦罐給你們。實話跟您說吧，您家大老爺阮弘方當初找到我，提出給我五千兩，要我讓出押送流放之位，我沒同意。

「我王沈雖然愛錢，但也不是什麼錢都收，您晏家保衛大魏，我不能做那沒有良心之人，但阮弘方還是安插了人手，想要你們一家人死在流放路上。我不肯讓出位置已經得罪他了，那日如果不做出表態，他日回京，我也沒有好果子吃。」

晏瀚海沒有想到阮弘方竟然如此狠毒，讓他們抄家流放還不夠，甚至不惜安插人手要他們死。

晏瀚海心裡清楚，王沈應該是有幫他們阻攔過，畢竟隨便一個罪名，他們被打死在流放路上，也沒什麼稀奇的。

晏瀚海對著王沈擺了擺手。「王大人不必多說，這件事我晏家應了。」

王沈從懷裡拿出當初晏家向他買藥的一百兩銀票。「晏老，這個給您。」

晏瀚海推辭。「不必了，這是買藥錢，不必給我。我答應這件事不僅是為了你，更是為了我晏家的安全。」

銀貨兩訖，王沈丟下他孫女為真，如果不是程稚清，他孫女如今屍骨都無人收，答應合作，不過各取所需罷了。

晏瀚海回去後告知家人，並且要家人們這幾天保持警惕。

第六章

走了兩天，即將走出安新山。

正當大家以為沒事了，準備放鬆警惕之際，突然看見遠處有一夥人，大概四、五十人。

「大當家，前面有一群人，好像是官。」一個賊眉鼠眼的男人湊到領頭男子身邊。

「哼，朝廷派了這麼多兵來圍剿我們，還不是都敗了。走，去看看他們到底想幹麼，居然到我黑蟒寨的地盤來了。」大當家一臉不屑，並不把他們一行人放在眼裡。

雙方逐漸靠近，都在試探，誰都沒有先出手。

當黑蟒寨眾人看見是官差押解著流犯，跟隨在旁邊的男人露出貪婪的笑容，兩隻手放在一起搓了搓。「老大，流犯雖然犯了罪被處罰，但是聽說他們還挺有錢的，最近小弟們手頭有點緊，不如……嘿嘿。」

王沈臉色陰沈地看著前方來人，手緩緩放在腰間的佩刀上。「我等奉朝廷之命，押送犯人前往幽州，無關之人速速退去，不然就別怪我不客氣了！」

黑蟒寨大當家一聽這話生氣不已，他已經把自己當作土皇帝，沒有誰能夠命令他。

「我聽說幽州是一個貧苦之地，你們被押送至此地，不說能不能活著到幽州，就算活著到了幽州也必須做苦工。前半生輝煌無比，何苦去那幽州受苦？不如投了我黑蟒寨，我定保你們吃香喝辣。」

流放眾人有些蠢蠢欲動，他們也知黑蟒寨的名頭，如今皆為階下囚，不如投靠黑蟒寨。

黑蟒寨大當家的目光在流放隊伍裡來回梭巡，突然眼睛一亮，指著鍾思潔。「這小娘子長得漂亮，我喜歡。」

他指著隊伍後的鍾思潔，神情猥瑣，用著油膩兮兮的口氣。「小娘子，不如跟了我？跟著流犯有什麼好下場，不如跟著我，還有專門的丫鬟伺候妳。」

鍾思潔眉頭一皺，看著他的眼神帶著嫌棄噁心，晏修景拉住鍾思潔往身後一藏。

黑蟒寨大當家有些不悅。「你們給我上，把那個女的給我搶過來，當我的十三房小妾。」

黑蟒寨眾人聽到命令立刻抄傢伙衝上去，官差也不甘示弱地拔出劍迎了上去。

程稚清帶著晏承安和晏綺南已經靠近晏家眾人，看著晏家男人紛紛上前制敵，只留下晏修景在原地保護不會武的女眷。

程稚清假裝手伸進袖子裡，實際是從空間中取出不久前做的癢癢粉試一試藥效。

程稚清手拿粉包，看準風向朝敵人隨意一撒。

黑蟒寨眾人只見眼前一片煙霧，並不當回事依舊衝上前，不多時，身上就癢得不行。

其中一個眼尖的人看見程稚清還準備繼續撒，立刻朝著眾人吼道：「快把那個小子給我抓過來，都是他在搞鬼！」

程稚清一看有三、五個人向她圍過來，想也沒想就衝出去，以免連累晏家。

很快地，五個大漢包圍住她，程稚清皺了皺眉頭，想著如果從空間中取藥包也來不及，制得了眼前之人，身後之人就沒有辦法。

當程稚清想著對策的時候，突然看見眼前一個大漢脖子上被套了鐵鏈，鐵鏈勒得他滿臉通紅。

晏承平看見程稚清被人圍攻馬上上前，雙手張開，用手中的鐵鏈勒套住一人的脖子，用勁將他甩出去。

晏承平趁周圍人呆愣的瞬間上前一步，拉著程稚清的手腕將人帶到身後，順便搶過一個人的刀，聲音低沈道：「躲好。」

程稚清沒想到他手腳都被銬住的情況下還能以一敵四，她承認自己有些被吸引了。

晏承平手腳都被束縛，實力沒能完全發揮，不過對付這種小嘍囉也綽綽有餘，他兩三下便解決剩下的四人，護著程稚清回到晏家女眷身邊。

另一邊，晏修景帶著晏家女眷躲在一旁，完全沒有注意到有個人鬼鬼祟祟靠近。

那人想著帶走鍾思潔就可以去邀功，便舉起刀砍向晏修景。

這一幕被晏承淵看見，大喊了一聲。「爹！後面！」

晏修景立刻轉身，眼看著刀就要落在他頭上，情急之下，突然看到手中鐵鏈。他伸開手，用手中的鐵鏈抵擋這一擊，不過也被刀的力道給擊退幾步。

他是個文官，多年沒有習武，勉強抵擋了一陣子，手臂還是被劃傷了。

他撐到晏承平回來，終於鬆了一口氣。

晏承平快速解決了那個男人，一看周圍的局勢有些落了下風，他鎖定黑蟒寨的大當家，快速朝他移動。

這個大當家還是有些能耐，兩人過了幾招，晏承平乘機一把砍下他的頭。

「大當家死了！大當家死了！」一個小弟驚恐叫道。

晏承平蹲下身，剛從地上抓住大當家的頭髮，將他的頭提起來，就聽到這番話，不禁挑了挑眉。

現場氛圍頓時有些凝滯，黑蟒寨剩餘的人手中的刀都掉在地上。

不得不說，擒賊先擒王還是很有用，老大都死了，他們留在這裡不是送死嗎？

當有第一個人扔下刀往回跑的時候，其餘人似乎才回過神，馬上扔下刀往回跑。

王沈沒有去追這些人，只是命令手下把乘機逃跑的犯人抓回來後，馬上趕路，由於怕黑蟒寨帶人回來報仇，就連傷勢也沒有顧得上處理。

他們一路趕出安新山二十里地，確定黑蟒寨的人不會追上來後才停下休息。

程稚清拿出止血藥給王沈，幫忙處理傷口和熬藥。

「小嚴啊，沒想到你不僅廚藝好，就連醫術也會啊。」現在危機解除，王沈也有心情開起玩笑。

「王大人說笑了，這哪裡是什麼醫術，我爹是獵戶，打獵總會受傷，加上妹妹身體不好，可不就會一點。」程稚清笑了笑。

程稚清見王沈沒有什麼大礙，就去幫忙其他人處理傷口。

王沈則過去晏家人那裡，晏家眾人都坐著休息。

王沈走到晏瀚海面前抱拳行了一禮。「晏老，今天真是多虧你們，我們才能安全走出來。」說著看向晏承平。「您家這小子，真是虎父無犬子。」

晏瀚海沒有理會他的話，淡然道：「多餘的話不必多說，該兌現你的諾言了吧？」

「我就是為了這件事來的。」王沈說著拿出鑰匙，親自給晏家三個女人解下手銬、腳鐐。

周圍其餘人一看晏家女人被允許解下手銬、腳鐐，開始有些不滿。「為什麼她們能摘下手銬？我們也要摘，王大人你可不能徇情枉法啊！」

王沈將手中的鐵鏈甩在第一個說話的人身上，那人瞬間被打倒在地。

王沈臉色鐵青，壓抑不住怒火。「憑什麼？就憑晏家人保護了你們這群沒用的廢物，你以為光靠我們就可以不費一兵一卒逃脫嗎？」他踢了踢腳邊的鐵鏈。「這就是我求他們保護你們的代價。你們也想摘，可以，下次有事你衝出去打退敵人，我也給你妻子卸下這些東西。」

那群叫囂之人臉色脹得通紅，不敢再多說一句。

「來人！把之前想要逃跑之人給我抓出來，打五十鞭，餓他們三天！」王沈說完，又高聲喊道：「小嚴！」

程稚清穿梭在受傷的官差中忙碌著，聽到喊聲有些疑惑。

「過來幫晏家人也處理一下傷口。」王沈一點也不掩飾自己對晏家人的私心，畢竟以後的路還要多仰仗晏家人。

晏承安也跟在程稚清屁股後面，幫忙遞點東西。

程稚清囑咐晏承安回馬車拿東西，回來時跑得太急沒有看清楚，直接撞上王沈。

晏承安嚇得將手中的東西掉在地上，結結巴巴喊道：「王、王大人……」

王沈蹲下身子，撿起掉落的東西遞給晏承安。「我可不叫王王大人，妳二哥呢？」

晏綺南在戰鬥結束後就馬上回馬車，沒有下來。

「二……二哥被嚇到了，在休息。」

王沈一聽，用手指點了點她的眉心。「妳這二哥膽子可真小，連妳也比不過，快過去幫妳大哥吧！」

晏承安聽到這話馬上跑到程稚清身邊，輕輕舒了一口氣。

程稚清在晏家人身邊幫忙處理傷口，晏承安小聲說：「大哥，剛才王大人問二哥，我說二哥被嚇到了，在休息。」

「幹得不錯。」程稚清摸了摸他的頭，又給他比了一個大拇指。

晏承安和程稚清相處這麼多天，大概明白這是誇獎的意思，嘿嘿笑了一聲，繼續跟著程稚清忙上忙下。

晏家眾人雖然不知這是什麼意思，但看著二人相處這麼和諧也很開心。

晏承平看了一眼晏承安，小崽子都忘了自己親大哥是誰了，整天圍著程稚清轉，簡直活脫脫的跟屁蟲。

程稚清藉著此次機會，光明正大看了晏家人的傷勢，還熬了藥，藉著救命之恩送給晏家許多糧食。

其餘人看著忌妒不已，又不敢多說一句，那些逃跑者的哀號聲彷彿還在他們耳邊環繞，他們可不想觸晏家人的霉頭，免得自己也挨幾鞭子。

程稚清幫晏家男人都處理好傷口後，順便幫女眷們把脈。

明慕青看著眼前神情嚴肅正在替自己把脈的人，相處了十幾年，她從來都不知道程稚清竟然還會醫術。

程稚清似乎感受到了灼熱的目光，一抬頭就看到明慕青眼也不眨地盯著她，她有些不好意思地笑了笑。

明慕青也不禁失笑，她還是個孩子。

明慕青生下晏承安後身體就不是很好，加上這半個月過度勞累，全憑一口氣撐著，如果沒了這口氣，人就倒下了。

白舒雲也是如此，上了年紀的人本就有許多小毛病，流放以來吃不好、睡不好，過了幾十年養尊處優的日子，突然受苦也有些承受不住。

程稚清替鍾思潔把脈時，鍾思潔眼裡的感激都快要溢出來了。程稚清實在有些受不了這樣的目光，只能裝作什麼事也沒有發生，專心把脈。

「懷孕了，孩子有三個月。」

眾人還有說有笑，頓時聽到這話彷彿被按了暫停鍵，連呼吸聲都放緩許多。

晏修景第一個反應過來，激動地跳了起來。「什麼？」

鍾思潔自己也愣住了，手顫顫巍巍地放到肚子上，似乎在感受這個小生命。

程稚清沈吟片刻，臉色有點不好。「不過……這些日子過於勞累，又經歷了大喜大悲，有流產的徵兆。」

眾人還沒有反應過來，只聽鍾思潔帶著哭腔開口道：「是我不好，自己懷了孩子都沒有發現。」

晏修景回到鍾思潔身邊，握住她的手。「沒事的，這個孩子與我們沒有緣分，更何況現在我們都自顧不暇，還有什麼能力去照顧一個孩子呢？」

眾人反應過來，七嘴八舌地安慰著鍾思潔。

程稚清有些無奈。「不是，沒說不能治啊，只是有徵兆，保胎就行了。」

晏修景夫婦一聽有些臉紅，在孩子們面前丟了這麼大的臉，實在是太羞愧了。

晏家眾人瞋怪般看了一眼程稚清，話也不說清楚，說一半、留一半，也不知道跟誰學的。

程稚清睜著滴溜溜的眼睛，一臉無辜狀。

晏承平看程稚清此番模樣，眼底盡是笑意。

晏修景握著鍾思潔的手，有些著急地看著程稚清。「我們現在怎麼買藥啊？這荒郊野嶺的……」

程稚清看了一眼周圍，發現沒有人注意他們，大手一擺壓低音量。「沒事，我車上有，到時候做成藥丸讓小安送給您。現在連王大人都敬著晏家，況且明面上你們對我們兄妹三人有救命之恩，小安和你們走得近些，沒有關係。」

「那就好、那就好，小……」晏修景突然想到了什麼而噤口，回想平時王沈怎麼稱呼程稚清。「多虧了小嚴，不然我們這一家可怎麼辦啊！」

晏家眾人紛紛點頭，晏修景又喊來晏承淵並指著他，眼睛卻是看著程稚清，眼神透露出滿滿的慈愛，如同面前這人是自己的親閨女。

「以後他就是小嚴的親弟弟，什麼事都儘管讓他去做，做牛做馬都行，不要客氣！」

晏承淵有些無奈，繼小妹之後，又有一個父母的心頭寶即將出世，他這個沒人要的小白菜，還要給人做牛做馬。

吐槽歸吐槽，晏承淵很感激程稚清所做的一切，如果不是程稚清，不僅小妹不在了，母親肚裡的孩子能不能保住還不好說。

晏承淵恭恭敬敬地向程稚清行了一禮，喊了聲。「大哥。」

程稚清聽著這聲大哥有些窘，連忙擺手。「不用、不用。」一路小跑著溜回馬車上，似乎背後有什麼東西在追她。

看著程稚清一溜煙小跑的背影，晏家眾人哭笑不得。

程稚清回到馬車上，第一時間告訴了晏綺南這個好消息。「小綺，妳母親有身孕了。」

晏綺南激動地跳了起來，「咚」一聲撞到車頂。「真的？」接著又捂著頭，一臉不安地碎碎唸。「怎麼辦，怎麼辦？還要走一個多月的路程，不知道母親能不能堅持住，也沒什麼好東西給母親吃……」

「妳就放心吧，現在妳父親、大伯他們身上的傷都好得差不多了，隊伍中也沒有人敢招惹他們，幾個大男人還不能照顧好妳母親？妳現在就想想，給妳母親他們做一些耐穿舒適的衣服、鞋子，或者幫妳未出世的弟弟、妹妹做些東西。」

晏綺南一聽十分認真地點頭。「大哥說得對，我這就想一想能做什麼。」

「東西都在箱子中，妳自己找找看，看能夠做什麼東西。」

程稚清打開一個裝藥材的箱子，假意在裡面尋找，實則從空間中拿出藥材，準備幫晏家製藥，剛好晏綺南在馬車上沒什麼事，自己將藥配好後，可以讓她去搓藥丸。

程稚清和晏綺南兩人忙活一晚上後，終於把晏家人的藥都做完了。

隔天，晏承安像一個送信使者一樣，分批偷偷送，每人一個竹筒。

晏承安現在有理由可以光明正大接近晏家人，每天都賴在晏家人身邊不走，有的時候還會跟著晏家走一段路程，累了就停在原地，等程稚清駕著馬車趕上來，他再上馬車休息，一點也不給晏家人添麻煩。

晏家從最開始的一無所有，飯都吃不飽，到了現在程稚清天天接濟，連東西都要沒地方放了。

了。

他們一開始只是拿破衣裳包一包，就是一個包袱，但隨著東西越來越多，漸漸放不下了。

幸虧晏瀚海夫婦出身農家，編個背簍、竹籃簡直小菜一碟。

休息時，晏瀚海就讓晏承平幾人去砍竹子，裁成薄薄一片竹條。

許多沒有接觸過這些東西，晏瀚海有些生疏了，不禁自嘲道：「過了太多年好日子，連本都不記得了。」說話時手上的動作卻沒有停下來，很快背簍的底部框架就做出來了。

白舒雲看了一眼，已經能看出大致模樣的背簍。「骨子裡的東西怎麼會忘？這不是做得好好的。」

「哇！好厲害啊，我也想要一個。」晏承安蹲在晏瀚海身邊，瞪大眼睛看著晏瀚海手指翻飛。

晏承安自小長在鎮國公府，連門都沒有怎麼出去過，自然沒有見過這些農家之物，平時見到晏瀚海都是在練武場耍刀，從來不知道他還會做竹編。

晏瀚海被孫子崇拜的眼神、誇讚的口氣，逗樂得笑咧了嘴，手上的動作越發快。「好，我做完這個，就幫你做一個小的。」

很快一個不太規整的背簍就做完了，晏瀚海把這個背簍扔給晏修同。「拿著吧。」

晏修同突然眼前一黑，原來是背簍直接罩在了他頭上，讓眾人大笑不已。

晏修同拿下背簍仔細打量，左摸摸、右瞧瞧，抱著背簍心裡美滋滋，他爹做好的第一個背簍給了他，這說明他才是爹最疼愛的兒子。

想到這裡，晏修同臉上露出憨憨的傻笑。

晏瀚海看著晏修同的傻樣，心裡懷疑自己怎麼生了這麼個傻玩意兒。

晏瀚海重新取了竹條幫晏承安編背簍，其餘人大致學了怎麼編，便自己動手。

晏瀚海不僅幫晏承安量身訂製做了一個小背簍，還用竹條編了許多小動物，惹得晏承安一直驚呼聲不斷。

晏修同看著晏承安精緻且修磨得沒有一根毛刺的背簍，再看看自己歪歪扭扭的背簍，才明白原來這是失敗品，自己終究是錯付了。

在他爹心裡，還是小孫子比較重要。

白舒雲領著女眷們在做草鞋，從京城穿出來的鞋子不耐磨，早就磨破了，明慕青和鍾思潔都做過針線活，很快就上手了。

沒兩天，流放的人看著晏家一個個揹起背簍、穿著草鞋，心中羨慕不已。

這批流放隊伍中有三個家族，分別是晏家、王家、趙家。晏家人數最少，只有九個人，王家和趙家人數均有五十多人。

同是流放的人，出發之時，晏家一個個傷痕累累像個喪家之犬，現如今日子卻過得不比官爺們差了。

其他兩家有錢也沒用啊，在荒郊野外，鞋子破了也沒得買，頂多跟官差買些吃食，打打牙祭。

「爹，我兒子的鞋徹底壞了，再這樣下去就要光腳走路了，這怎麼行啊。晏家有人會做草鞋、背簍，不如我們跟晏家買怎麼樣？」說話的人正是趙家家主的大兒子趙坤。

作為家主的趙家生，看著晏家區區九人就將日子硬生生從泥裡拉了起來，再回頭看了一眼自家族人，還在為了誰多吃一口而爭吵不休。

「他們會賣嗎？當初他們家那小姑娘被扔下時，我們都沒幫忙，對他們也是避之不及，如今我們貼上去……」

趙坤看了一眼他爹撇了撇嘴，心想這都什麼時候了，還在乎那點臉面，但還是開口勸道：「晏家出京城時身無長物，也沒見到有人給他們送東西，您說他們這一路上，難道不會添置一點東西？天越來越冷了，總需要衣服吧，可是他們哪來的銀錢？這時候我們提出買他們的背簍和草鞋，總不會拒絕的。我們雖然沒有幫過他們，可我們也沒有踩過他們。無仇無怨的送銀子上門，難道會被拒絕嗎？」

趙家生沒有說話，只是看了看孫子腳上破破爛爛的鞋，沈默地點了點頭。

晚上休息時，趙家生帶著趙坤來到晏家人這邊，他沒想到自己一大把年紀了，還要豁出老臉求人，不過幸而是晏家，人家官當得可比他大多了。

趙家生拿出三顆雞蛋塞到晏瀚海手裡，晏瀚海推辭道：「這是做什麼？」

趙家生支支吾吾地說：「晏老，家裡小孩穿的鞋都磨得不成樣子了，我看您家會做草鞋，想向您買些草鞋和背簍。這三顆雞蛋是我那兒媳中午剛找到的，您就收下吧。」

「哦，這些東西啊，那你明兒中午讓人來學吧，也別提什麼錢不錢的，我們農家出身的人都會做鞋子和背簍。雞蛋你就拿回去吧，給孩子補一補。」

趙家生沒想到晏瀚海如此大方，來之前他都想好了，就算貴些也得買，沒想到晏瀚海竟然不收錢，說教就教，乾脆俐落。

不過看晏家如今的作風，倒是令他不信晏家會貪污軍餉，說不定是皇帝顧忌晏家功高震主，不然怎麼晏家幾個男人身上沒一塊好肉，要用板車載著出城？

「好好好，那我現在就回去選人，保證挑聰明、不惹事的人來，這雞蛋您就收下吧！」趙家生有些激動，一個勁兒將雞蛋往晏瀚海懷裡塞。

晏瀚海看到雞蛋，想起鍾思潔懷孕需要補身子，剛好這三顆蛋可以給女人們補一下。

「那……那我就厚著臉皮收下了。真是不好意思。」晏瀚海覺得自己臉上有些發熱，手上的雞蛋似乎是燙的，從來都是他接濟百姓和軍眷，還沒有收過其他人的東西。

在他心裡，程稚清早就是孫媳婦了，吃自己孫媳婦的軟飯沒什麼，說起來有些汗顏，當初晏家就是吃兩個媳婦的軟飯才過得衣食無憂，他們的俸祿和皇帝的賞賜，都給那些戰死沙場的戰士家人了，真要靠自己，晏家早就喝西北風了。

不過這麼多年的接濟，還是養出不少白眼狼啊。

「拿著、拿著，您不收雞蛋，我才不好意思。」趙家生看著晏瀚海臉色突然有些不好，趕忙告辭走了。

晏瀚海回過神，連忙喊道：「老婆子快看，雞蛋，得有大半個月沒吃了吧？快快煮了，妳和兩個兒媳一人一顆。」

白舒雲看著這些蛋，有些詫異。「喲，怎麼還收了人家東西，原來你也會行賄啊。」

晏瀚海狡辯。「什麼行賄，這是學費。我答應教趙家編背簍和草鞋，這是他們送的，還不是想著給妳們補補身子。」

「行行行，我這一大把年紀就不吃了，兩個兒媳一人一顆，給小嚴也留一顆。」

「娘，您不吃，我們怎麼好意思吃，我們也不吃。」鍾思潔一聽連忙反駁。

「娘，您和弟妹吃吧，弟妹懷孕需要補一補才行。」明慕青趕忙說道。

為了三顆蛋，三人推來推去，絲毫沒有注意到旁邊伸出一雙小手，將三顆蛋兜在懷裡跑了。

晏承安剛過來就聽到她們在為了誰吃蛋而爭執，便乾脆將蛋拿回馬車，他心想：程姊姊那麼聰明一定有辦法。

程稚清還疑惑晏承安怎麼這麼快就回來了，看著他手裡拿著三顆雞蛋有些不明所以，還以為他想吃蛋了。

也是，她沒有買雞蛋，因為雞蛋易碎，所以他們已經大半個月沒有吃過雞蛋，不過肉品倒是有一些，也不是葷腥都不沾，只是沒辦法光明正大地拿給晏家。如今這光景，一點點肉味，其他兩家也能夠聞到。

他們表面上和晏家非親非故，不好直接給。

「大哥，剛才我聽晏爺爺他們為了這三顆蛋讓誰吃吵來吵去，我就偷偷把蛋都拿回來了。妳能不能把這些蛋，讓每個人都吃一點啊，這樣大家就不會一直推辭了。」晏承安努力將蛋舉起給程稚清看。

「你沒說就拿啦？」程稚清有點驚訝。「下次不可以這樣，不問自取即為偷，知道嗎？我幫你煮成蛋花湯，等一下你要過去道歉，知道嗎？」

聽到程稚清這麼說，晏承安也認知到自己的錯誤，如小雞啄米般點頭。

程稚清當即就燒水煮湯，裡面還加了紅棗、紅糖，雖然蛋有些少，不過一人一碗還是沒有問題。

水開後，蛋花湯很快就煮好了，晏承安蹲在小鍋前，聞著這甜絲絲的味道，嚥了口水。

程稚清看著晏承安的饞樣，忍不住逗他。「要嚐一點點嗎？來一口沒關係的。」

晏承安使勁吞著口水，堅定地搖搖頭。「我不喝，我喝了，晏爺爺他們就少喝一口了，我想讓他們多喝一點。」

程稚清聽著這誠摯的話，心裡一陣柔軟。

程稚清用布包著鍋和晏承安一起端去晏家人那裡，晏家眾人還在為了誰吃雞蛋而爭辯，沒有一個人發現蛋已經不見了。

晏家人看著程稚清不知端著什麼向他們走來，終於停下爭辯。

「小安說你們拿著三顆蛋，不知道給誰吃而吵了半天，就把蛋拿給我，讓我替你們做些吃的。我給大家煮了蛋花湯，每個人都能喝一點。別怪我自作主張啊。」

晏承安低著頭小聲說：「對不起，我不該私自拿走雞蛋，應該要先詢問才對。」

晏瀚海這才看了眼原先放蛋的位置，果然空無一物。

眾人有些面面相覷，剛才自己大半天是在吵什麼來著？

白舒雲最先反應過來，摸了摸晏承安的頭。「沒事的，不就是三顆雞蛋嘛！」又看著程稚清。「妳看妳都拿回去了，怎麼不自己吃，還特地煮湯，這不是麻煩嗎？」

程稚清笑而不語，掀開鍋蓋，香甜的味道頓時撲面而來，眾人紛紛吞嚥了口水。

「我們這些大老爺們不愛喝這種甜膩膩的東西，妳們女人多喝點。」晏瀚海嘴上說著，眼神一直跟著鍋在移動。

其他人聞著香味，默默嚥著口水點頭。

白舒雲一巴掌拍向晏瀚海。「小嚴的一片心意，都給我喝。」

她一聞就知道裡面不只雞蛋，還有紅糖和紅棗，是程稚清特意煮來給大家補身體的。

由於沒有那麼多的碗，便拿來竹筒一個個分著喝，剛好九個竹筒，不多不少。

「小嚴啊，你們不喝嗎？」白舒雲看著程稚清。

「不用了，我們平時能吃點肉，你們需要補一補。」程稚清解釋道。

聽到程稚清這麼說，晏家人才放下心，喝起蛋花湯。

晏修遠看著自家小兒子盯著眾人喝湯眼也不眨，就知道他饞了。

「來，小安。」晏修遠朝著晏承安招了招手，等到晏承安過來就一把將他攬入懷裡。

好久都沒有和小兒子這麼親近了，似乎還長了一點肉，原以為跟著他們奔波，小安會受不了，沒想到程稚清把他照顧得很好。

這些日子，他爹靠著竹編把晏承安哄騙得牢牢的，今天還是他第一次和小安這麼近距離接觸。

「要不要喝一口？」晏修遠將竹筒湊到晏承安的嘴邊。

晏承安連忙用手捂住嘴，瘋狂搖頭，似乎怕自己忍不住就喝了。

「怎麼了？」

「不可以，我喝了，您就少喝一點了，我想讓您好好的。」晏承安軟軟的聲音，衝擊到每個人心裡。

眾人聽到晏承安如此心疼他們，感覺心都要化了，藉著喝湯掩蓋住自己眼裡的淚意。

「可以喝一點點，今天小安主動承認錯誤，獎勵小安喝小小一口。」

「真的嗎？」晏承安眼裡發出光，有些迫不及待。

「當然是真的。來，喝吧。」

晏承安伸出手指比了一個形狀。「那就小小一口哦。」說著湊到竹筒前喝了一小口。

喝到湯的晏承安，笑得眼睛都瞇起來了，哪有小孩不愛甜食。

說是一口就一口，眾人繼續勸晏承安再喝一點，晏承安說什麼也不答應了。

他們不忍心見晏承安饞得直吞口水，連忙兩三口就將湯給喝完了。

晏承安在晏家人這裡玩了一會兒後，坐在晏修遠懷裡，睏得眼睛都要張不開了，由晏承平將他抱回馬車。

他敲了敲馬車門，程稚清立刻出來了，他將晏承安遞給程稚清，低聲說了一句。「辛苦了。」

今夜的月亮很亮，亮到程稚清可以看清楚晏承平的臉。

他的眼神很亮，似乎那些傷痛沒有對他造成什麼打擊，他還是從前那個意氣風發的少年，程稚清完全看不出他前一世身為暴君的影子。

程稚清接過晏承安，無意間與晏承平的手指觸碰到一起，晏承平觸電般收回自己的手。

「早……早點休息。」晏承平說完這句話便落荒而逃。

程稚清看著他的背影笑出聲，晏承平聽到程稚清的笑聲，臉有些微微發燙，觸碰到一起的手似乎也微微發熱。

他靠在樹幹上，屈起一隻腿，神情懶散，回想著剛才的一幕幕，不斷揉搓著觸碰到的地方，心底竟有些開心。

第七章

第二天中午，趙家生帶著人來學做草鞋和背簍。

來的是旁支的一對夫妻，看起來就一副老實人模樣，原先趙家生打算讓大兒子和大兒媳一起來，結果他們夫妻死活不願意學這泥腿子的玩意兒。

在族裡問了一圈，竟是沒有一個人願意，不是低著頭，就是爭吵鬧得面紅耳赤。

最後還是旁支中的一對夫妻主動願意去，他本想將這機會留給自家子孫，不僅是多學一門手藝，還是和晏家人打好關係的好時機，奈何子孫不懂事，都什麼時候了，還當自己是少爺。

晏瀚海和白舒雲沒有親自上陣，而是讓兒子、兒媳去教導，他們都一把老骨頭了，萬一再氣著，可怎麼辦。

王家發現趙家領著兩個人去晏家那裡不知道做什麼事，就在一旁偷偷觀察著，直到發現他們在跟晏家學手藝，氣得脖子都紅了。

他們的鞋也破了，他們也沒地方裝東西啊，竟然被趙老頭這個老不死給搶先了。

王家老爺王才良紅著臉喊著。「老大，老大。」

王老大正在艱難地啃著黑麵饃饃，猛地被他爹一喊，一口饃饃就噎住了，上也上不去，下也下不來，他被噎得滿臉通紅，一個勁兒捶自己的胸口，還是媳婦發現不對勁，猛地拍了他一下才嚥下。

王老大翻著白眼咳嗽，大口吸著氣。

他爹還在喊他，壓根兒沒發現他差點命懸一線，他順順氣後，還是恭恭敬敬去到他爹身邊。

「爹，怎麼了？」王老大有些無奈問道。

王才良坐姿端莊，下巴微微往晏家人那個方向一抬。

王老大沒看懂他爹什麼意思，順著往晏家看了一眼，眼中盡是茫然。

王才良看著兒子這憨傻的模樣，更加生氣。「你看看趙家人在晏家幹麼？」

「做草鞋和背簍啊，怎麼了？」王老大不明所以，只能把自己看到的說出來。

王才良暴跳如雷，暴打兒子的頭，將腳伸到兒子面前。「你看看你老子現在穿的是什麼？破布啊！這是破布啊！用不了兩天，你老子就要光著腳走路了。」

王老大愁眉苦臉地拉著王才良。「爹，我也沒辦法啊！我的鞋也跟您一樣，您說這荒郊野嶺的，就算我們藏了一點錢，我上哪兒去幫您買鞋啊？」

王才良一巴掌呼在自家兒子臉上，氣得直喘大氣。「蠢貨，真是蠢貨，你看看趙家在幹麼？學藝啊！我不管你用什麼辦法，給我趕緊混進去學！」說完他就走了，要遠離這個蠢貨。

王老大撓撓頭，一臉愁苦地蹲在原地。

王老大媳婦見狀，問他發生什麼事，王老大將他爹的話告訴妻子。

這媳婦是一個乾脆俐落的人，當即拿著幾顆從官差那裡換來的白麵饅頭，拉著王老大去晏家那邊。

她落落大方地站在白舒雲面前，反而顯得王老大有些瑟縮。「晏老夫人好，我公爹年紀大了，這鞋磨破了，我們身為晚輩的看著也心疼，看您會做草鞋，想用這幾顆饅頭與您換雙草鞋。」

「行，我也不與妳推辭，這饅頭我就收下了，妳跟著他們一起學吧！」

王老大媳婦聽到這話有些喜出望外。「我們可以嗎？」

「可以的，趙家他們就是來學的，你們快過去吧！」白舒雲手指了指，喊了一聲。「老大啊，王家也來人了，順便教一教。」

這媳婦趕緊拉著王老大過去了。

「你看看，你看看，現在就連草鞋也成了稀罕物，擱我們那時候，家家戶戶誰不會這些小東西？家裡的錢都用在這些地方，家都要敗光了。」白舒雲看著草鞋有些感嘆。

晏瀚海一聽白舒雲這話，就無腦吹捧了起來。「可不是，一個個敗家子。」

白舒雲知道老頭子在哄自己開心，用眼神睨了他一眼。

只見晏瀚海滿是皺紋的臉上嘿嘿笑著。

陽城多山，地勢複雜。

流放至今已經一個月了，趙、王兩家總算學會怎麼編草鞋和背簍，晏家人終於能擺脫趙、王兩家的人。

趙、王兩家的男子們，跟著晏家學習做草鞋和背簍有好幾天了，晏修遠和晏修景幾人輪著教導，他們卻還是學不會，就連晏瀚海都在背地裡悄悄吐槽，明明看起來挺精明的人，怎會這麼蠢，一點小東西也學不會，還天天哭喪著臉，一點也不像男子漢。

女人們倒是學得挺快的，也許是有女紅的基礎，所以很快就上手了。

晏家男人到了陽城後，就像魚到了水裡，一身的力氣也都有處使了，每天都能抓幾隻野雞或者野兔。

晏瀚海不服老，休息時總嚷著要去打獵。

他們抓到野雞，都會請程稚清幫他們烹調，表面上當作給程稚清的酬勞，實際上是給馬車上的三人補身子。多餘的就賣給趙、王兩家和官差，畢竟有人抓不到野雞，有的人要負責看守流犯，不能擅自離守。
晏承平抓到兩隻雞，在小溪邊處理好後，送去給程稚清。
只見程稚清在野雞上放調料後，用葉子把雞一層一層包起來，最後裹上稠濕的泥土扔進柴火中。
他略感吃驚，從來沒有見過這種吃法，有點好奇。
程稚清似乎察覺到他的異樣，主動解釋道：「這是叫花雞，聽說是一個乞丐發明的，這個乞丐偶然討到一隻雞，但是手邊沒有工具也沒有調料，只能用這種方法來做。」
晏承平看著程稚清充滿認真的小臉有些愣神，他從前認為自己娶程稚清不過是因為小時候的恩情，婚後頂多和她相敬如賓，後來被抄家和離，他也認為此生不會再見面了。
沒有想到，她帶著弟弟來了，還救了他們一家人，現在他欠她更多了。
不久後，晏承平和程稚清一人拿著叫花雞，一人端著雞湯走回晏家人那裡。
晏承平放下雞湯，走去林子中找晏瀚海。晏瀚海到了陽城就不亦樂乎，每日帶著晏承安在林子中撒野。
程稚清放下雞湯時，看見明慕青和鍾思潔坐在一邊，手中編著草鞋，嘴裡說著話。
「大嫂，妳說承淵怎麼還沒有回來，平時這個時候早就回來了。」
明慕青安撫道：「他還是個孩子，玩性大些正常。妳看妳大哥，不也在外頭野著？這些男人就是這樣。」

程稚清聽到晏承淵還沒有回來，腦子裡「轟」一聲，趕緊放下手中的湯，就往林子中走，腳步飛快。

她想起上一世，晏承淵發現他娘有身孕，在陽城打獵時發現一株人參，但是這人參長在懸崖邊上，他為了這株人參摔落懸崖。後來晏承平去找他時，只在懸崖邊發現被樹扯破的衣物。

鍾思潔先遇到女兒去世，丈夫也為了救自己而亡，現在兒子更是為了自己摔落懸崖，她一下子就崩潰了，當天晚上便偷偷走到懸崖邊跳了下去。

程稚清還想著懸崖應該往哪裡走，突然耳邊聽到晏承淵的聲音。「嚴大哥，妳去哪裡？」

程稚清抬頭一看，才發現晏承淵手中拿著兔子站在自己面前，她當下沒反應過來。

「你……」

晏承淵笑了一聲有些不好意思。「我剛才看見這隻野兔，追了半天還是被牠跑了，最後遇上爺爺和小安一起幫我抓的。」說著他舉起手中的野兔，用另一隻手指向站在旁邊的人。

程稚清這才看見晏瀚海抱著晏承安站在一旁，她靈機一動。「晏爺爺，我見小安還沒回來，想著出來找一找。」

晏瀚海略顯嫌棄地說：「都怪這臭小子，盡跟他爹學了，一股書生氣，連隻野兔還要我這個老頭子幫忙，耽誤我的時間。」

程稚清看著晏承淵在一旁有些羞愧，開口解圍。「哪裡、哪裡，晏爺爺我今天做了個新鮮吃食，我們快回去吧。」

「新鮮吃食啊，那快回去。」晏瀚海聽到「新鮮」兩個字，眼睛都發著光，催促眾人快點走。

這兩天他可是好好見識了程稚清的廚藝，簡直驚為天人，他從來不知道原來一隻雞能做出這麼多花樣，還能這麼好吃。程稚清居然還說湊合著吃，因為調料不夠。

程稚清向他們介紹完叫花雞後，就帶著晏承安回馬車上。

晏瀚海一開始看見用泥土包著的雞有些失望，他心裡想著沒事，一隻雞而已，就當給程稚清練手了。

打開荷葉的那一剎那，雞的香味混合荷葉的清香，晏瀚海忍不住了，抓著一隻雞腿吃得滿嘴流油。

晏家吃食還是有些不夠，光是大男人就有六個，兩隻雞還不夠分，加點紅薯、黑麵饃饃只能吃個七分飽。

他們已經將流放過成郊遊，吃得再好一點，怕是有些人忍不住要出手了。

程稚清回到馬車吃過飯後，仔細回想記憶中上一世發生的事情，也算給她敲了一個警鐘。

這些時日過得有些太舒服，都忘了警惕，她打算這段時間要緊盯著晏承淵，直到出了陽城。

她不知道晏承淵上一世的命運還會不會出現，但是時時刻刻防範著，總是有好處。

昨天下了一場雨，今天才放晴，地上還沒乾透，有些泥濘。

程稚清這幾天一直盯著晏承淵，馬上就要出陽城了，她原以為不會有事，結果一轉眼，晏承淵就不見了。

她看了一眼周圍，晏承平不在營地，就連晏承安也不在，她只能急忙跑回馬車。

「小綺，妳等一下注意一下晏承平，等他回來了，就讓他去之前小安說的那個懸崖找我。」程稚清說完就著急跑了。

之前晏瀚海帶著晏承安出去玩，路過那個懸崖，回來就說下面好高，看著太嚇人了。

晏綺南看程稚清這麼著急，不免有點心急，她放下手中的事，撩開簾子專心盯著晏家營地。

程稚清進入林子就往懸崖走去，晏承安回來後帶她去過一次，但是她不太記得路，只能憑藉記憶中的方向走。

幸好方向是對的，且昨天下雨，地上還未乾，可以看著腳印尋人。

程稚清一路跟著腳印走，還未走到懸崖就聽到微弱的呼救聲。

「有人嗎？救命啊……」

這是晏承淵的聲音！

程稚清有些著急，跑向傳來聲音的地方。

她站在懸崖邊緣，低頭往下看，就見晏承淵一隻手緊緊抓著一棵懸崖邊的小樹，整個人吊在那兒。

程稚清看看這棵未成年的小樹已經有鬆動的跡象，她也管不了那麼多，馬上趴在懸崖邊上，緊緊抓住晏承淵的手。

晏承淵發現是程稚清，臉上露出希望之色，但是他不敢輕舉妄動，生怕把程稚清也帶落懸崖。

「怎麼是妳啊？我還能撐住，妳回去叫人來救我。」他有些著急。

「我出來之前已叮囑小綺等你大哥回來，來懸崖邊找我，你撐住。」程稚清抓著晏承淵的手似乎沒什麼感覺，她以為是晏承淵抓著樹枝，所以不用她出什麼力。

兩人就這樣僵持著，就在程稚清心裡罵著晏承平怎麼還不來時，小樹突然鬆動了，帶出的泥土一顆一顆掉落在晏承淵臉上，緊接著越來越多的泥土往下掉。

突然程稚清手中一沈，晏承淵手中的樹徹底掉落。

「妳鬆手吧，我怕把妳一起帶下去，我不能這麼自私。」晏承淵努力保持身體平衡，將另一隻手用力舉起。

「這是我找到的人參，妳幫我拿給我娘，她懷孕了要補身子，幫我跟我爹娘說一聲，兒子不孝……」

程稚清聽著晏承淵說遺言，看了一眼人參，心裡罵道：就是這該死的人參，千防萬防還是掉下去了。

「給我閉嘴！我可以！」程稚清吼了一聲，拉著晏承淵的手，一人吊在懸崖下，一人趴在懸崖上。

她堅持了半刻鐘卻發現一點也不累。

晏承淵又開始不停說著遺言，從爹娘到爺奶，沒放過家中任何一個人。

程稚清有點不耐煩，聽著聒噪極了，她從來不知道原來晏承淵是這樣一個話癆子，平日裡看著溫文爾雅、人模人樣，說起話怎麼就停不下來。

程稚清又吼了他一聲，想著求人不如求己。「給我閉嘴！等一下你配合我，我試試把你拉上來。」

晏承淵心中有些害怕，想說還是算了吧，他能堅持等到他哥來，但是看到程稚清臉上不耐煩的表情，又將沒說出口的話嚥下了，默默點了點頭。

程稚清雙手拉住晏承淵的手腕，先輕微晃動試了試，覺得不過如此。

晏承淵害怕極了，他嚥了嚥口水，一點也不敢動。

程稚清想了想，讓她站起來應該是做不到，拋一下倒還能試試。

說做就做，她先是緊握住晏承淵的手，接著上下晃動，晏承淵多次面部朝著懸崖撞去，吃得一嘴泥。

還未等他反應過來，程稚清一個使勁，晏承淵的身形在天空劃出一個完美的拋物線。

晏承平回到營地後，馬上被晏綺南叫過去，連稱呼都忘記換，直接喊了大哥。

晏承平看著晏綺南這麼著急，心中也有些慌亂，他責怪自己今天不應該去打獵，要是程稚清有什麼事，他這輩子都不會原諒自己。

他用輕功一路加快速度前往懸崖，等他到達時，就看見程稚清趴在懸崖邊，手中還緊抓著什麼東西。

他心頭一怔，動作停了一瞬，正準備上前，下一秒，就看見晏承淵被程稚清拋了上來。

他愣在原地，聽到「砰」一聲，晏承淵砸在地上的聲音才將他喚醒。

晏承平趕緊上前，徑直路過躺在地上的晏承淵，扶起還趴在地上的程稚清。

程稚清還沈浸在自己居然有這麼大的力氣，她看著自己的雙手有些不可置信。

她順著晏承平的力道站了起來，下意識拍了拍身上的灰塵，結果沾了一手泥水。

「哥，哥，你倒是也扶我一把啊，你弟弟還躺著呢！」晏承淵躺在不遠處虛弱地喊道，他掙扎著想要爬起來，但是摔得有些疼，沒成功爬起來。

晏承平看著晏承淵，冷哼一聲。「你就躺著吧，看你幹的好事，多大的人了，路也看不清？還掉下懸崖？」

晏承平雖然嘴上這麼說，身體還是很誠實地朝他走過去，扶起他。

晏承平扶起晏承淵後，站在兩人面前，剛想教訓他們，話還沒說出口，就被程稚清打斷了。

程稚清看著晏承平嘴巴張了張，伸出一隻手掌對晏承平擺了一個停的姿勢。「等等。」

她迫不及待想試試自己的力氣到底有多大，於是走到晏承平面前，雙手張開，抱住他的腰。

晏承平身體一震，耳根紅透了，他以為程稚清嚇到了，也緩緩伸出手想要抱住程稚清給她一點安慰。

還沒等他的手放下，只見程稚清微微蹲下，雙手發力，將晏承平整個人抱起，晏承平展開的手僵在半空。
程稚清抱著晏承平轉了幾圈，才依依不捨地放下。
晏承淵站在一旁，看著程稚清的舉動目瞪口呆。他剛想打圓場，就見晏承平轉身就走，絲毫不留戀。
程稚清看著晏承平遠去的背影，覺得有些莫名其妙，詢問一旁的晏承淵。「你哥怎麼啦？怎麼突然就走了，我倆不是還在這裡嗎？」
「啊……他大概可能覺得沒面子吧。」晏承淵也有些摸不著頭腦。
程稚清一想也對，被她一個小姑娘抱起來還轉了幾圈，好像是挺沒面子的，她撓撓頭，有些苦惱。
晏承淵有些興奮。「沒想到妳力氣這麼大啊！」
程稚清有些不好意思。「我也是今天才知道原來自己力氣這麼大，還要感謝你，不然我都發現不了自己還有這麼一個能力。」
晏承淵一聽這件事，頓時覺得不妙馬上轉移話題，將人參拿給程稚清。「這是我剛才採的人參，要不是為了這株人參，也不會差點掉下去，妳看看能不能用。」
程稚清接過人參，被晏承淵保護得很好，一點也沒有磕碰。「可以，這株人參大概有百年了。」

「那就好，這一番工夫沒有白費，給奶奶和我娘還有大伯娘都補一補。」晏承淵一拍手拉到身上的傷處，疼得齜牙咧嘴。

晏承平往回走了一段路程，始終沒有聽見後頭有聲音，他又回去一看，發現那兩人還在懸崖邊聊得正歡。

他看著他們，冷冷說了一句。「還在這裡幹麼，還想掉下去試試嗎？」

程稚清和晏承淵兩人面面相覷，頓時不敢繼續說話。

程稚清扶著晏承淵跟在後頭，一句話也不敢多說，默默回了營地。

晏家眾人看著程稚清攙扶著晏承淵，兩個小泥人模樣跟在晏承平後頭，像鵪鶉似的大氣也不敢喘一下。

他們見晏承平面色不豫，就知道這兩人不知道做了什麼事惹他生氣了。

明慕青趕忙打圓場。「怎麼了？弄成這副模樣，快去洗洗。」

「這兩人一個救人、一個被救，一個在懸崖上趴著，一個在懸崖下吊著，玩得還挺開心的。」晏承平難得陰陽怪氣。

晏承淵不敢多說一句話，生怕惹他哥更加生氣。

程稚清偷偷瞥了一眼晏承平，小聲嘟囔道：「哪裡是玩，我明明是去救人的，誰讓你來得這麼慢，等你來了，黃花菜都涼了。」

晏承平冷厲的目光看了程稚清一眼，程稚清瞬間啞口無聲。

眾人一聽晏承平說的話，頓時有些著急。「什麼懸崖，怎麼會掉下懸崖？」

晏瀚海拿出大家長的威嚴，目光直勾勾地看著晏承淵。「承淵你說。」

晏承淵頂著長輩的目光，只能將事情原委從頭到尾說了一遍。

鍾思潔聽著，眼淚掉了下來，也不管晏承淵身上髒不髒，衝上前抱著晏承淵。「娘不要什麼人參，娘只要你們平平安安就好了。下次這麼危險的事可不能再做了。」

現在最重要的就是一家人平安在一起，如果沒有家人，這人參有什麼用？

晏修景知道事情輕重，並沒有看在兒子受傷的分上就輕鬆饒了他，便罰他三天只能吃黑麵饃饃。

晏承淵聽到這個懲罰，臉都垮了。

明慕青看著程稚清如小可憐般站在那兒，立刻對晏承平說：「你看看你，小嚴救了承淵，你怎麼對救命恩人這麼凶。還是要怪你，你要是早點回來，就不會有這事了。」

眾人附和，連忙安慰程稚清，程稚清站在一圈人中間看著晏承平，對他做了一個鬼臉。

晏承平看著程稚清古靈精怪的模樣氣笑了。

「妳去懸崖做什麼？還叮囑小綺讓我去找妳，妳早就知道承淵會出事？」晏承平問。

程稚清心頭一跳，面上保持鎮定。「你瞎說什麼？我那天跟著小安去的時候，發現有一株人參，但是長在懸崖邊上，我也沒那個能耐去採啊。想著快要出陽城了，今天喊你一起去，但是你遲遲不回，我只能先去了。誰知道晏承淵居然早我一步，我要是真的提早知道他會掉下去，乾脆不讓他去懸崖就好了。」

程稚清看著晏承平翻了一個白眼。

明慕青一聽覺得是這個理，上前拉住程稚清的手，看著她的臉越看越喜愛。「這不就是我們家的福星嗎？自從遇上小嚴，我們日子都好過許多。」

晏瀚海拍了晏承平一下。「就你多想。就算人家提早知道又怎樣，還不是冒著生命危險救了承淵，不知恩圖報的傢伙。」說完又看著程稚清語氣溫和。「小嚴啊，我們別理這個白眼狼，哼！」

晏承平聽完程稚清的解釋後就沒有多想，反而也認為程稚清給他們家帶來好運。他看著他娘的手還握著程稚清不放，立刻上前拉開兩人。

程稚清現在是一個十五、六歲的小夥子，他娘一直拉著人家，讓外人怎麼看。

程稚清突然想起出陽城後就是關城，她當初和王沈說要到關城尋家人。

她拉著晏承平又一次走進林子，去了一個偏僻的地方。

晏家眾人在後頭看著，一臉姨母笑。

明慕青暗道：看來這個兒媳婦還是我家的！

晏承平被程稚清拉走時一愣，卻還是乖乖跟著走。

程稚清停在一個自認為沒有人的地方，悄悄湊近晏承平。

晏承平突然看到程稚清放大的臉出現在面前，她眼裡似乎有著細碎的光，讓人忍不住沈溺。

他似乎能感受到程稚清溫熱的呼吸撲在臉上，他彷彿受了什麼刺激般猛地後退一步。

程稚清被他這突如其來的動作嚇了一跳，差點沒站穩，她迅速站穩，莫名其妙地看了一眼晏承平。

晏承平有些不自在。「咳咳，出來做什麼？」

程稚清壓低聲音，略顯興奮，賊兮兮地問：「周圍有人嗎？你們這種練武之人，不是都能察覺方圓幾里，有沒有人偷聽？你快聽聽看。」

晏承平有些無奈地看了她一眼，屏氣凝神觀察四周。「沒有人。」

「那就好、那就好。我們還有多久到關城？」

晏承平有些驚訝，不知她問這個做什麼。「估計一、兩天吧，怎麼？」

「當初跟王沈說我們兄妹三人死了爹，要去關城投靠親戚，現在關城就要到了，你說我們還留著合適嗎？」程稚清解釋道。

晏承平沒有想過這件事，他以為程稚清會與他們一起前往幽州。

程稚清擺擺手。「不說這個了，你了解關城嗎？我們要去那裡，快跟我分析分析。」

晏承平有些好笑地看著一臉愁苦的程稚清。「關城不算太富裕，但比陽城好一些，陽城多山地，像我們這半個多月走的都是山間小路，鮮少看見人家，但進了關城，官差應該會去補給他們的食物，我們也可以跟去看看。

「妳和小安、小綺就先到安陽府停留幾天，我估計我們走個兩、三天就到達關城了。你們先到安陽府等十天，十天後再來幽州，我在幽州城門口接你們。」

程稚清聽著這安排妥當的計劃，滿意地直點頭，果然不用動腦子就是好。

「去集市，你們還有錢嗎？」程稚清說著話，就要從懷裡拿銀票。

晏承平看著她的動作連忙制止。「不用了，上次妳給的錢還沒花呢。」

程稚清停下動作，點點頭。「行吧，那你們沒錢了一定要跟我說。」

晏承平聽著程稚清關切的話語，心裡一暖。「走吧，回去了。」

第八章

兩天後。

王沇通知流放眾人。「今日我們就進入關城，再走半個月就可以抵達幽州，到了關城，你們不能隨意外出採買，但每家可以派兩個人跟隨我們去採購，將東西備齊。半個時辰後出發，各家人員盡快商量，半個時辰後，沒見到人就當作放棄名額。」

王沇話音剛落，趙家就因為誰去集市而爭執起來。

晏家讓晏承平和晏承淵一起去，帶上程稚清給的五百兩。

程稚清找到王沇。「王大人我想問一下，我們兄妹三人要去安陽府，應該怎麼走？」

王沇爽朗一笑，一路上這小夥子沒少做吃的孝敬他們。「安城府離幽州最近，小嚴你就安心跟著我們，到時候抵達了，我知會你一聲。」

程稚清一副感恩模樣。「那太謝謝大人了，這一路上多虧大人的照顧，我們兄妹三人才能全須全尾走到關城，實在是感激不盡。」

王沇擺了擺手。「哪裡的話，我們兄弟才要感謝你呢，若不是你，我們一路哪來那麼多有滋味的吃食。」

程稚清連忙擺手。「大人實在太客氣了，一會兒我想跟著大人們前往集市一起去逛逛，這就先回去收拾。」

「去吧。」

半個時辰後，王家和晏家人已經在等候了，趙家人急忙跑過來，臉上還帶著青紫，一看就是為了爭搶名額大打出手了。

官差帶著流犯六人和程稚清前往關城，快到城門口的時候，為了不引起騷亂，將流犯六人的腳鐐和手銬摘下了。

官差領著他們走到集市。「給你們一個時辰買東西，一個時辰後城門口見，聽到了嗎？」

他們不怕這些人逃跑，他們的家人還被關押在營地，加上沒有戶籍和路引，哪裡也去不得。

得到流犯肯定的回覆後，官差擺擺手讓他們自己去了。

晏承淵和晏承平走出一段路後，逐漸看不見趙、王兩家人的身影，直接上了馬車。

晏承淵直到今天才這麼近距離見到他妹妹，之前一個多月兩人根本沒有交集。

他看著與晏承安並肩坐在一起的晏綺南，那是一張完全陌生的臉，但眼神還是他所熟悉的樣子。

晏綺南見到晏承淵就忍不住哭了出來，那日聽到哥哥差點掉落懸崖，心一直懸著，現在看著健健康康的哥哥，她懸著的心終於放下了。

晏承淵看見晏綺南哭得快喘不過氣，連忙上前哄著，好半天才將人哄好。

晏承安被晏承平給帶出去，他們陪著程稚清趕車，將空間留給兄妹兩人。

兄妹二人明白，現在最重要的事就是買之後路上要用的東西，所以並沒有聊很久，畢竟以後還有機會。

他們一行人先去買了板車，用來放物資。

而後在程稚清的強烈建議下前往布莊，她認為現在天氣越來越冷了，晏家眾人沒有一件換洗的衣服，還是穿著當初從京城出來的服飾，現在最要緊的就是買棉衣，萬一溫度突然下降，女人家根本撐不住。

晏承淵贊同地點點頭，心想：還是女人心細些，他差點就沒想到要買衣服。

眾人前往布莊，一開口就是要十六套棉衣，至於裡衣、鞋子，為男的十套，女的六套，外加四床被子。

布莊店家原先看見晏承淵和晏承平穿著又髒又破的衣服，不知哪裡來的乞丐，剛想趕他們出去，就聽見他們下了大單，頓時笑瞇了眼上前介紹。

晏承淵有些不耐煩，直截了當道：「不用介紹了，最簡單的款式就行，我們趕時間，你把衣服給我們。」

店家當即招呼夥計忙碌起來，好一會兒才將他們要的東西準備好，晏承淵向他們要了箱子，主要是為了方便存放。

店家夥計將大大小小的箱子往板車上搬，程稚清突然想起什麼又走了回去。

「老闆，你這裡有油布嗎？」

店家沒想到還有生意。「有有有，小哥要多少？」

「來兩疋。」

「好，您稍等，馬上就好。」店家歡喜地應了一聲，今日真是個豐收的日子。

他們又去買了鍋碗瓢盆，程稚清不能陪他們走到幽州，他們獨自去幽州還有一些時日需要自己開伙，畢竟由儉入奢易，由奢入儉難，吃慣了山珍海味，怎麼吃得下又澀又難吃的黑麵饃饃。

眾人在購買物資的時候撞上了王家人，只見他們大包小包全扛在身上，後背似一座小山，累得腰都直不起來，直喘粗氣。

他們見到晏家幾人眼睛一亮，馬上上前打招呼。

王老大氣喘吁吁地問：「小晏，你們的東西呢？不會還沒買吧，這時間快來不及了，你可快些買，是不是沒錢了？我們還有一點。」他費力伸手到衣服中，想要掏銀子。

晏承平看他如此模樣，嘴角抽了抽，阻止了他拿錢的舉動，只是默默往旁邊走了一步將身後的板車露出來。

晏承淵看到他們這番狼狽的模樣，忍不住開口。「王叔，我們的東西都在板車上。」

王老大這時才看見他們身後的板車，瞳孔一震，顫抖地舉起手指著板車，喃喃道：「竟還可以買板車嗎？」

出發前，他爹特意叮囑要他跟在晏家人身後，看晏家買什麼，跟著買一份就好了，他不信，覺得晏家兩個小孩，能有什麼經驗。

於是到了集市就帶著小弟先走一步，現在他明白了，薑還是老的辣啊。

「一輛板車應該可以，我們快些到幽州，他們也能快些回去覆命，給我們方便就是方便他們。」晏承平解釋道。

王老大揹著物資一屁股坐在地上，物資快要將他整個人掩埋，他用手扒拉著板車，費力地仰著頭，連忙向晏承平詢問都買了什麼東西。

晏承平實在沒眼看一個跟他爹年紀差不多的人如此不像樣，轉過頭只當什麼也沒看見。

晏承淵見到他哥略顯嫌棄的表情，馬上開口為王老大解釋他們都買了些什麼。

王老大聽得認真，時不時點頭，講到他們沒有的東西時，懊悔地拍著自己的大腿，再次後悔自己沒有聽爹的話擅自行動。

如果回去被他爹知道了他沒跟著晏家人，還把自家的物資搞砸了，一定會被他爹揍。

他看著晏家板車上整整齊齊羅列的箱子，再看看他和小弟胡亂揹著的東西，不禁有些傻眼。

晏承淵見王老大還坐在地上，開口詢問道：「王叔，你們不買板車了嗎？我們只有兩刻鐘就要回城門口了，有一輛板車還挺方便的，你們不再想想嗎？」

王老大拉著自己小弟，憑著一股氣從地上爬起來。「買！怎麼不買！你們在哪裡買板車，我這就去。」

晏承淵看著他準備大幹一場的架勢，便將位置告訴他。

由於他們米麵糧油等都購置妥當了，就先去城門口等。

王老大立刻拉著小弟將他們沒有買的東西都買上，務必爭取和晏家一模一樣！

晏家兩人和程稚清等人回城門口途中看到了包子鋪，順帶買了幾十個肉包子回去。

快到城門口時，程稚清駕著馬車先行一步，晏承平和晏承淵拉著板車慢慢走在後頭。

他們到城門有一會兒了，晏承淵坐在板車上吃著肉包，目光看向遠方等著來人，想著什麼時候才可以回去。

王家人拖著似乎放了一座小山的板車大步跑來，他們停在晏承淵面前，環顧四周發現官差還沒有到鬆了一口氣，也學著晏承淵坐在板車上大口喘氣。

他們急忙按照晏家的清單重新購買，板車上的物資亂成一團，不過好在都買得差不多了。

這時官差也回來了，他們看了一眼人數，發現趙家人還沒有到，在原地等了一刻鐘，終於看到趙家人揹著大包小包地跑來。

他們的樣子與之前王家二人比起來有過之而無不及，王老大看著他們的慘樣，慶幸自己遇到了晏家人，不然此刻他們也和趙家一樣，將東西全都揹在身上。

趙家人一看晏家和王家有板車頓時不滿，指著他們的板車朝著官差嚷道：「大人，你沒說可以買板車啊，我們沒有，你們再等等我們，我們現在去買一輛。」

官差等了他們這麼久已經很不耐煩，聽到趙家如此理所當然的話語，直接抽出鞭子，抽了說話的人一鞭。「看來這些時日過得太好了，忘記自己是流犯了。板車？我有說不能買嗎？人家聰明買了板車，你蠢還好意思說？與你們說了一個時辰就要回來，你倒好，讓我們等了你一刻鐘，你以為自己還是以前的少爺嗎？」說著又抽了一鞭子，嗤笑了聲。「蠢貨。走！回去再收拾你們。」

官差將手銬、腳鐐扔在地上讓他們自己戴上，押送他們回去。

趙家人在營地著急等著出去採買的人回來，當他們看到晏家和王家拖著板車回來時，特別是王家車上如小山般的物資，一個個喜上眉梢。

他們伸長脖子翹首引領，似乎已經看到自家人帶著板車，擁有比晏家、王家更多的物資回來。

他們等了半天都沒有看到自家出去的人，就當他們要去詢問官差時，只見遠遠走來兩個身上揹著物資的人。

這些東西按理說已經很多了，但是他們見過晏家和王家的板車後，心就大了起來，一對比就顯得自家的很差。

趙家出去的兩人動作緩慢地將物資揹回來，其間沒有一個人來幫他們，他們積壓的情緒在這一刻爆發，將背上的東西重重扔在地上，揚起一層薄薄的塵土。

這一舉動惹怒了趙家其餘人，幾人打作一團，直到官差來將打架的人分開，每人抽了三十鞭，才老實下來。

王家和晏家沒有管趙家發生什麼事，各自興奮地看著自己的物資。

王老大湊到王才良身邊。「爹，您說的真沒錯，我本來沒有聽您的話跟著晏家人。」他興奮地一拍手。「誰知道半路遇上了，我看他們買了板車，東西都裝在板車上，不然我們就和趙家人一樣揹著物資回來，還不能買多少東西。」

王才良翻了一個白眼，聽到他原本沒有打算買板車，就想暴起給他一巴掌，但是看著物資還算齊全的分上，忍了下來。

王老大完全不知道他爹的心裡想什麼，還在那裡沾沾自喜。

晏家眾人看著板車上齊全的物品，就知道是程稚清幫忙挑的，他們出去的時候什麼也沒有交代，兩人根本想不到這麼周全，他們只想著出去買個糧食就好了。

有了板車之後，晏家二老和兩個女眷可以輪換著上去休息，特別是鍾思潔，她有了身孕不能過於勞累。

天氣越來越冷了，晏家眾人雖然還沒有穿上棉衣，但也換上了厚實的衣服。

夜裡，程稚清被一股寒意凍醒，她悠悠起床，腦子還未徹底清醒。

突然想起上一世，即將到達幽州的時候，夜裡開始下雪，溫度驟降，晏瀚海身上的傷未好，加上受凍，就沒有熬過去。

想到這裡，她腦子徹底清醒了。

降溫？難道是今天？

「小綺，快醒醒！」

程稚清大力搖晃著晏綺南，見她終於醒過來，又麻利地從箱子中拿出棉被、棉衣。

她拿棉被先把晏承安蓋上，叮囑晏綺南自己穿好衣服後，再替晏承安穿上棉衣。

今天白日出了太陽，難得的炎熱，眾人穿得比平常稍微少一些。

程稚清跳下馬車，地上已經有一層薄薄的積雪，她大喊道：「降溫了，快醒醒！下雪了，快醒醒！」

晏家男人距離程稚清最近，她一出聲，馬上就驚醒了。

他們練武的不畏寒，現在這個溫度對於他們來說只是比之前冷一些罷了，所以他們沒有在意。

上次採購買了油布，每晚休息都會支起油布阻擋風雨，因此沒察覺雪下了有一會兒，直到程稚清大喊出聲才發現事情不對勁，他們快速翻身起來。

晏修遠看了看身邊的明慕青，發現她凍得有些哆嗦。

他直接一腳踢醒了旁邊的晏修景。

晏修景凍得有些迷糊。「哥，怎麼了？怎麼這麼冷？」

晏承平已經從板車上拿出棉被和棉衣，他先將棉被送去給晏瀚海和白舒雲。

白舒雲被凍得有些口齒不清，晏瀚海緊緊抱住她，想從自己身上分一點熱量給她。

好在晏承平及時送來棉衣和棉被，他先將棉衣給白舒雲穿上又拿棉被緊緊裹住她，緩了一會兒才漸漸回溫。

晏修遠又踢了一下晏修景。「清醒沒？下雪了，快看看你媳婦。」

說完，晏修遠拿晏承平手中的衣物替明慕青蓋上，見她逐漸紅潤起來的臉色才放下心，自己也穿起棉衣。

晏修景才反應過來周圍溫度有些不對勁，他摸了一下鍾思潔的手，發現她的手很涼，彷彿在冰裡泡過一般，臉色也蒼白得嚇人。

他被嚇到了，連跌帶爬地接過晏承平手中的被子，哆嗦著手替鍾思潔穿上衣服，再將她裹進被子中，手放在被子中幫鍾思潔搓一搓手腳。

鍾思潔逐漸清醒，一睜眼就是晏修景放大的臉龐。「怎……怎麼了？怎麼這樣看著我？嘶……好像有些冷。」

「下雪了，怎麼樣？身體有哪裡不舒服嗎？」晏修景看見鍾思潔睜開眼睛，放心不少，又拿自己的棉衣裹住鍾思潔。

鍾思潔伸出手摸了摸他的臉，發現冰涼一片，將身上的棉衣扯下來，披到晏修景身上。「我不冷了，你快些把衣服穿上，看看你都凍成什麼樣子了。」

晏修景看著鍾思潔沒有大礙，對著她笑了一下，穿上棉衣。

晏承平將最後一床棉被扔在晏修同和晏承淵身上，直接罩住他倆的腦袋，兩人這麼大的動靜都沒有醒，睡得跟豬一樣。

周圍吵吵嚷嚷，四周已經生起火堆，官差們也都翻出棉衣穿上。

趙家有五十多人，出去的人只有兩人，沒有好運遇上晏家，只能揹一些最重要的物品，導致現在很多人沒有棉衣，只能一家人抱在一起取暖，抱怨、怒罵的聲音整夜沒有停歇。

趙家出去的兩人聽著族人的謾罵聲，撇嘴沒有說話。

他們也不知道會中途下雪啊，衣服、被子那麼大，怎麼拿回來？其他人就是站著說話不腰疼。

王老大看著天上掉落的雪花，再看看趙家人抱成一團圍在火邊取暖，耳邊傳來族人不絕如縷的誇讚聲。

他又一次慶幸自己遇到晏家人，不然他根本想不到買棉衣和被褥，今夜也會同趙家一樣，在這雪夜中瑟瑟發抖。

程稚清看到所有人都有行動之後，立刻生火熬了滿滿一大鍋的紅糖生薑水。

「怎麼樣？你們還好嗎？」

程稚清完全不知道身邊突然多了一個人，耳邊響起晏承平低沈的聲音，嚇得將木勺子掉進鍋裡。

程稚清回頭瞪了他一眼，眼裡滿滿的抱怨之色。

晏承平沒想到她居然反應這麼大，只是說了一句話，竟然就嚇到了。

他忍不住笑出聲，心想她真是膽小。

程稚清聽見晏承平在嘲笑她，她拿筷子將勺子從鍋裡撈出來後，站起身子，氣狠狠地踩了晏承平一腳，出了一口惡氣。

晏承平被踩了一腳，雖然沒什麼感覺，但也馬上收斂臉上的笑意，又問了一次。「你們都還好嗎？」

程稚清看著晏承平，他認真地看著自己，眼中盡是溫柔的光，她突然有些不好意思。

「沒……沒什麼大礙，薑湯好了，你裝一點回去給大家分了喝，不要得了風寒。」

程稚清拿了水囊，將薑湯裝進水囊中，拿上馬車，將薑湯遞給晏綺南。「小綺，這是紅糖薑湯，妳快喝了，然後把小安叫醒，也給他灌一杯。」

晏綺南接過水囊，應了一聲「好」。

晏承平回去拿鍋子，裝了一鍋拿回去叮囑眾人分了喝下，又回到程稚清身邊。

畢竟薑湯這麼大一鍋，他知道剩下的應該要送去給官差，他要幫她一起送過去。

程稚清下來後，見到晏承平居然還在，感到有些驚訝。「你還沒走啊？薑湯拿回去了嗎？」

晏承平沒有回應，上前拎起鍋，回頭看著她。「走吧。」

「走去哪裡？」程稚清迷茫問道。

「熬這麼大一鍋薑湯，不就是要送去給那些官差嗎？妳自己全喝了？」

程稚清見他主動拿著鍋，就知道他裝薑湯回去過了，怕她一個人提不動，他又特意回來等她一起去送薑湯給官差。

她可是能夠把晏承淵拋起來的人啊！果然瘦瘦小小的樣子就是占便宜，容易迷惑別人的眼睛。

程稚清嘿嘿一笑，湊到晏承平身邊。「我可是能把晏承淵從懸崖拉上來的，你害怕我提不動這鍋湯？」

晏承平明顯臉色一僵，率先轉身。「走吧。」

官差在不遠處，兩人一人端著鍋、一人跟著，速度倒也不慢，馬上就到了。

「王大人。」程稚清開口喊道。

王沈看著他和晏承平一同過來，不知道有什麼事。「你們這是？」

程稚清開口解釋。「王大人，突然下雪降溫，怕我家二弟和小妹明日會感染風寒便熬了薑湯，這是多出來的，我一個人拿不動這鍋，便分了晏家一些，讓晏家的小哥幫我拿過來。大人們不嫌棄就分一分吧，也暖暖身子。」

王沈一看這鍋的分量就知道哪裡是什麼多出來的，明明是專門替他們準備的。「你看你，有人送熱湯上門，誰會嫌棄？你看看他們都巴不得上來搶了。」

他一聞就知道湯裡還加了紅糖。「大家都凍得不行，有你這一碗湯剛好能暖暖身子。今天還要多謝你警覺，要不是你發現下雪了，我們說不定要凍死在這裡了。」

程稚清連忙擺手。「大人您太客氣了，我就是早一點知曉，沒有我，大人也會知道下雪的。」

王沈聽見這話笑了笑，沒有說話，喊來手下分湯。「小嚴給我們送薑湯了，一人一碗，快來分一分。」

程稚清見狀，馬上告辭。「王大人那你們先忙著，我回去看看我家小妹怎麼樣了。」

「行，你去吧，一會兒讓人替你把鍋送回去。」

程稚清應了一聲，和晏承平先回去了。

晏承平將她送回馬車，程稚清開口道：「你快回去也喝一杯，祛祛寒。」

晏承平點頭卻沒有走，站在原地看著她上了馬車，才轉身回晏家那邊。

「承平回來啦，小安他們怎麼樣了？還好嗎？」晏家眾人看到晏承平回來便七嘴八舌問道。

晏承平看著家人們都在關心程稚清他們，沒有一個人關心他，無奈回應。「都沒事，好著呢！一降溫，小嚴就馬上把小綺喊了起來，給他們穿了衣服，蓋了被子，又馬上熬薑湯。小安睡得可好了，迷迷糊糊地被小綺灌了一碗薑湯又繼續睡了。」

眾人一聽立刻放心許多，接著又聊了起來。

「我就說，小嚴是我們家的福星，又救了我們一次，等你們這些大男人醒來，我們這些女人早就凍成冰了。」明慕青裹著被子說道。

「可不是嘛，修景看著就傻乎乎的。」鍾思潔也跟著吐槽。

白舒雲看著樂呵呵笑著，沒有多說什麼。

晏修遠摸了摸鼻子，看見放在一旁的薑湯，馬上轉移話題。「承平還沒喝薑湯呢，快趁熱喝一碗，小心別著涼了。」

「是是是，快喝一碗。」白舒雲跟著附和，但總覺得自己忘記了什麼。

晏修同在被子中有些喘不過氣，掀開被子，他迷迷糊糊中聽到身邊有許多人說話的聲音，聞到空氣中甜絲絲的味道，他一個起身。

「吃什麼東西？為什麼不叫我！你們吃獨食！」晏修同眼睛還沒有睜開，嘴巴先不停說話。

晏家眾人看著他驀地坐起，即將說出的話都卡在喉嚨，周圍的空氣似乎都凝滯了。

白舒雲這才想起來忘記了什麼，全家沒有一個人想起晏修同和晏承淵，如果不是晏承平還記著給他們蓋被子，現在還凍著呢。

晏修同見沒有一個人回應自己，努力睜開眼睛，只見一家人一動不動地盯著他，他嚇了一跳，整個人後退了幾步。「幹……幹什麼？我不吃，不吃也行。」

晏承淵被晏修同壓住了，他一把推開晏修同，也坐起身。「幹麼呢？好好的覺不睡，嚷嚷什麼？」

晏承淵睜開眼睛，遭遇和晏修同一樣的目光凝視，嚇得抱住晏修同。「什麼……什麼情況？怎麼都不睡覺？」

晏家人嘆了一口氣，不明白為什麼自家會有兩個這麼傻的小子。

白舒雲和鍾思潔兩個當娘的，相視一眼，接著共同無語望天，說起來她們把自己兒子給拋之腦後，還是有些羞愧的。

晏修遠一拍腦門。「你倆也在啊，差點忘了！來，你倆也喝一碗。」

他動作麻利地裝了兩碗湯，送到他們手上。

晏修同和晏承淵一邊喝湯，一邊聽家人說發生了什麼事，兩人對看了一眼，不禁流下苦澀的淚水。

要不是他們自己醒來，根本沒一個人記著他們，太沒天理了。

說了一會兒話後，留晏修遠和晏承平父子倆守夜，其餘人便去睡了。

天亮了，雪還未停，地上積了一層一尺深的雪，放眼望去四周白茫茫一片，樹上也凝上一朵朵晶瑩剔透的霜花。

程稚清穿著棉衣，戴著帽子、手套，只露出一雙眼睛坐在車廂外趕車。

晏家將油布支在板車上改造成車廂的樣子，讓三個女人坐在車上，其餘人拉著板車，車輪行過在雪地上留下深深的痕跡。

趙、王兩家就沒有這麼幸運了，他們和家人相互攙扶，深一腳、淺一腳地走在雪地中，舊的腳印被新的腳印覆蓋，周而復始。

第九章

雪陸陸續續下了三、四天，周圍一片銀裝素裹。

程稚清走到王沈面前，雙手抱拳行了個禮。「王大人，多謝您這些時日的照顧，今日一別不知何時才能相遇，希望您一路平安，前程似錦。我帶著弟妹就告辭了。」

王沈昨日就告知今天會到安陽府，所以程稚清前來與王沈道別。

王沈爽朗一笑，揮了揮手，沒有說話。

程稚清上了馬車，最後看了晏家眾人一眼，她的眼神和晏承平的眼神在空中交會，她朝他點了點頭，駕著馬車離去。

晏家眾人早已知道他們會在今日離開，他們不捨地望著馬車離去的方向，想起晏承平說的十日後就可再見，恨不得馬上啟程，立刻到達幽州，早日讓晏承平接他們團聚。

程稚清到了安陽府後，就找了一家客棧住進去，他們三個人為了安全起見，要了一間房間。

到了客棧，再要了一桌子的飯菜，三人好好吃一頓，又梳洗一番。

流放路上實在沒地方洗澡，程稚清他們能夠能藉著馬車遮擋，在馬車內擦身子，晏家眾人真的徹徹底底沒有梳洗。

「程姊姊，我們什麼時候去找爹娘啊？」晏承安睜著大眼睛睡眼惺忪，還打了一個哈欠。

晏綺南也好奇地看著程稚清。

「十天後我們就出發，這幾天我們好好休息，到處玩一玩、逛一逛。等十天以後我們到幽州，你大哥會在城門口接我們。」程稚清捏了一把晏承安的小臉，拍了拍他的頭，溫柔地說：「睡吧。」

聽到程稚清這麼說，晏承安放心許多，想著不久後就能再次見到爹娘便乖乖躺下，任由睡意將他侵蝕。

「程姊姊，我有點擔心娘，她還懷著身孕，路上不會有什麼事吧？」晏綺南離開晏家人後，臉上寫滿擔憂。

程稚清拍了她的肩膀，安慰道：「不會有事的，妳不是給妳娘準備了很多保胎藥嗎？再說現在晏承平和妳大伯、爺爺身體都恢復了，他們一個打五個不是問題，妳難道不信任他們嗎？」

鍾思潔的保胎藥是晏綺南親手做的，自從她知道要離開隊伍之後就憂心不已，連夜做了很多藥丸。

晏綺南漸漸也想通了，就算她爹不會武功，但是爺爺、大伯和大哥都是上過戰場的，肯定沒問題！

兩天後。

眾人看著眼前破破爛爛的城門，寫著「幽州」兩字的牌匾掛在城門頂端搖搖欲墜。

幽州北邊是月國，有軍隊駐紮，月國不時來犯，流放的犯人們在兵力不足時就會被拉上戰場。

雖然月國和大魏簽訂了五年的停戰協定，但今年已經是第四年了。

在這四年中，月國時不時帶一小隊人馬來搶周邊百姓的東西，幽州百姓民不聊生，又沒有辦法搬去其他地方，只能苦熬。

流犯們對此一概不知，他們一路走來經歷不少痛苦才抵達幽州，他們終於能在幽州城內有一個家，不用四處奔波，不用餐風露宿，有些女人開心得掩面而泣。

晏家雖沒有在幽州從軍，但多多少少也是知情的，上戰場對他們來說是家常便飯，他們看著家裡女人這麼開心，沒有將如此掃興之事說給她們聽。

「進去吧，今日在城內驛站住一晚，明日就到你們該去的地方了。」王沈領隊走了進去。

趙、王兩家人掩飾不住興奮，爭先恐後地進入幽州。

眾人進了城前往驛站方向，流放眾人發現幽州空盪盪得嚇人，街道上一個人也沒有，開門做生意的更是少之又少。

偶爾有百姓出門都是行色匆匆的樣子，按理來說他們這群流犯，任誰都會好奇地看一眼，像幽州百姓這般漠不關心的還真是少見。

流犯再愚鈍也感覺到不對勁了，青天白日，百姓都不敢出門，這幽州到底是什麼可怕的地方？

他們臉上的喜悅慢慢轉變為凝重、不安，他們以為到了幽州就可以開始新的生活，結果現在卻告訴他們未來是迷茫的。

到了驛站後，官差將他們往房間一關，房間內寂靜一片，沒有人說話，甚至收拾的聲音都沒有。

直到有女人哭出聲來，一個、兩個……漸漸地房中的哭聲越來越大，她們似乎看到了沒有希望的將來，要把這股絕望的情緒宣洩出來，男人們也都一臉仇苦地蹲在地上。

王才良和趙家生一前一後到晏瀚海面前。

「晏老，您見多識廣，能否跟我們說說幽州的情況？」

王才良和趙家生官職不高，遠見也沒有，對朝廷中的事大多一知半解。他們因為貪了本應該是上層的錢，引得那人惱怒，設計舉報他們，他們才落到抄家流放的下場。

聽著周圍的哭聲，晏瀚海嘆了一口氣。「幽州的邊境外是月國都知曉吧？」

王才良和趙家生雖對這些事不太清楚，但是和誰打仗還是心裡有數的。

「月國？月國不是和我們簽訂了五年停戰協定嗎？」

「是啊，今年是第四年了。」

周圍的哭聲漸漸停了，房間中一片寂靜，大家似乎都在等著晏瀚海往下說。

「月國兵強馬壯卻糧食儲備不足，他們雖和我們簽了停戰協定，但他們在沒有糧食的時候，會派人到幽州搶奪。」晏瀚海繼續往下說。

人群中突然有一個憤怒的聲音響起。「這不是強盜嗎？朝廷沒有人管嗎？」

晏瀚海冷哼一聲。「要是有人管，幽州的百姓何苦每日草木皆兵，光天化日之下門都不敢出？上頭那位只要不打仗，其餘事就睜一隻眼、閉一隻眼。百姓？百姓與他何干？

「明年便是第五年了，月國屢次來犯，等停戰協定到期必定舉兵攻打，等兵力不足時，你說誰會上戰場？」晏瀚海幽幽的目光看著王才良和趙家生。

王才良和趙家生被晏瀚海的目光看得心裡發毛，突然一個大膽的想法從腦子裡湧出。

如果兵力不足，朝廷也沒有援兵，那首先去送死的不就是他們嗎？不然為何要千里迢迢地將他們流放到幽州？

王才良顫抖地伸出手指向自己，磕磕絆絆地說：「我……我們？」

晏瀚海讚賞地看了他一眼，點了點頭。

周圍人彷彿被按了定身穴，他們一動也不動，呼吸都變得小心翼翼。

晏瀚海看著四周眾人一副被嚇得不輕的模樣，安慰道：「也許事態不會如此嚴重，不必太憂心。」

王才良從被拉去當人肉盾牌的幻想中醒來，撲通一下跪在地上，抱著晏瀚海的大腿哭喊著。「晏老，您救救我們吧！」

不得不說，王老大的憨傻是有道理的。

晏瀚海嚇了一跳，瞪大了眼睛，想要把自己的腿從眼前人的手中掙脫出來。

「我有什麼辦法？如今我和你們一樣都是流犯，我能有什麼辦法？我要有辦法，我孫女會死？」晏瀚海憤憤不平地說道。

是了，是了，當初地位僅次皇帝的鎮國公如今和他們一樣都是流犯……

王才良鬆開抱著晏瀚海大腿的手，一屁股坐在地上，盡是失魂落魄。

晏修遠看眾人彷彿下一秒就要上戰場的絕望，忍不住說了幾句。「一年後會不會打起來還不一定，大家不要這麼悲觀，日子總還是要過的。」

鍾思潔悄悄問晏修景。「這裡這麼危險，我們還要將他們接過來嗎？」

晏修景握了握她的手。「沒事的，爹和大哥都在，承平也是好手，真的打起來，誰輸誰贏還不知道。再說了，妳放心讓他們幾個小孩自己在外面嗎？」

鍾思潔想了想，雖然幽州不安全，但至少家人都在，一家人死也要死在一起。

第二日一早啟程，流放眾人已經沒有初進幽州的興奮之感，人人臉上帶著失望、麻木，他們如同行屍走肉般跟著官差到了姚安府。

遠遠地一人迎上來問道：「是流犯嗎？」

王沈抱拳行了禮。「是負責交接的大人嗎？大人怎麼稱呼？」

「我哪是什麼大人，我叫陳勇，前幾天就接到命令在此等你們，今天可算等到人了。」陳勇爽朗一笑回答道：「你將他們交給我，這文書你拿著，接下來你們好好歇一歇就可以啟程回京了。」

陳勇從懷裡掏出文書遞給王沈，王沈接過文書同他道謝便帶著手下走了。

「你們跟我走吧。」陳勇對著流犯說了一句便率先走出去。

他們走了一個時辰，陳勇將他們領到一戶人家門前。「等著。」他扔下一句話後走了進去，絲毫不擔心外面的人會逃跑。

不一會兒，一名老者跟著陳勇走了出來，他介紹道：「他是這裡的村長，你們以後在這裡生活，記得聽村長的話。」

陳勇一離去，村長見這麼一大幫人，有些面露難色。

「這裡是大山村，旁邊就是雲山，雲山上猛獸很多，你們沒事不要靠近，撿柴就在附近，千萬不要進入深山。我們這個村子祖祖輩輩都是流犯，都是祖上犯了事被送到這裡來。在這裡的人，三代以內不允許科考，有本事的人即使能夠走出這個村子，可這麼多年來，我沒有見過一個人真的離開過這裡。雖然這裡沒有官差看守，但在這裡你們也不用想跑，畢竟沒有文書和路引哪裡都去不了。走吧，帶你們看看房子。」村長交代了一些事情便帶著他們去看房子。

這裡大多是村民自己建起來的土房子，原沒有多餘的房子可以供他們居住，但是大山村實在太窮了，加上猛獸經常下山咬死許多人，便空下來許多房子。

晏承平遠遠地看見一處破敗的磚瓦房，他指著那兒。「村長，那裡有人住嗎？」

「那裡離雲山近，原是一個大官自己蓋的，山上的猛獸下山先咬死他們一家，這房子便空出來了，雲山就在這棟房子的後面，你們還是再想想吧！」

「村長帶我們去看看吧。」晏瀚海一聽覺得此處挺好，以後打獵方便，吃肉也方便。晏瀚海經過京城一事並不願意和人有過多來往，一家人過好自己的日子就好了。

村長看著他們如此堅定便帶著他們去了。

磚瓦房因許久沒有人居住，破敗不堪，屋內雜草叢生，裡面有五間屋子、一間廚房和一間廳堂，剛好夠晏家人居住，外頭有一口水井。

趙、王兩家看著這棟房子，心裡激動險些按捺不住，但一想到野獸又不敢輕舉妄動。

晏瀚海滿意地在周圍轉了轉。「村長我們就選在這裡。」

村長嘆了一口氣。「既然你們意已決，那我就不多說什麼了，房子是村裡的共有財產，算上宅基地，你們給五兩吧。」

趙家一聽要銀子立刻跳了出來。「村長，你這可不厚道啊！你原先也沒說要銀子啊！」

村長輕飄飄看了他一眼。「你不想買的話就自己去蓋吧，但是宅基地還是要買。」

趙家生立刻訓斥那個說話的人，向著村長賠笑道：「對不住啊，村長，我家這小子說話就是個沒長腦子又沒見過世面的，房子是村裡的，那就是要花錢買，不花錢豈不是誰都能住？您可別將他們一番話放在心上。」

他們未來要在大山村過一輩子，村長尤其不能得罪。

村長沒有說話，只是靜靜等著晏家的回應。

晏瀚海道：「老婆子，把銀子給村長。」

因為家裡的銀錢都歸白舒雲保管，白舒雲聽到後，立刻從袖中取出五兩銀子，將銀子遞給村長。

村長收下錢，點了點頭。「明日我將地契給你們。」說完後，帶著趙、王兩家人走了。

趙、王兩家加起來有一百多人，沒有任何一間房子可以容納他們這麼多人，便四處分散在村中。

今天已經不早了，晏家只能先將院子中的草給拔了，等拔完草後，天已經黑了，不遠的雲山似乎還能聽見野獸的吼叫。

簡單吃過晚飯後，藉著院子裡燃著的火光，晏家人將廳堂稍微整理一下，同往日一樣，在廳堂中打地鋪就睡了。

雖然天氣寒冷，晏家眾人睡在屋子中，呼嘯的寒風徹底被阻擋在門外。

經歷兩個多月的流放之路，到達幽州後，晏家眾人都放鬆心神，隔天毫不例外都睡遲了。

「晏家的，晏家的。」村長在晏家門口敲了敲門，半晌沒有人回應，便在外頭喊了起來。

晏修遠聽到後率先起身，打開院門將村長迎進院子中。

「村長，我們一家剛到新家，有些高興，昨夜收拾得太久了，今日睡得有些遲，讓您看笑話了。」晏修遠不好意思地看著村長。

「沒事，能理解，大家都是這麼過來的。我今日是來送地契給你們，拿著吧。」村長從懷裡拿出薄薄一張紙遞給晏修遠。

晏修遠接過地契。「您看您，這我們去拿就好了，怎麼還麻煩您跑一趟。」

村長不在意地說：「不礙事，閒著也是閒著，就將地契替你們送來了。」

「那真是太謝謝您了。」

村長見晏家眾人都起了，對晏修遠說：「你們忙吧，我先回了，有事來我家找我就成。」

晏修遠回屋，將地契交給白舒雲。

晏家花了幾天時間修補破掉的屋頂，並將每間屋子打掃得乾乾淨淨，一些沒有用的家具就當作柴火燒了，又去山上砍木頭做新家具，雖然做得不是很好，大多數歪歪扭扭但也堪用。

明慕青看著家裡漸漸收拾出樣子。「什麼時候去接稚清他們？她們兩個女孩帶著孩子，我總是不放心。」

鍾思潔應道：「是啊，這都第八天了，不知道他們三個在外面怎麼樣了。」

晏瀚海沈吟片刻。「當初我們與稚清約定十天後在幽州城門口見，現在我們家收拾得差不多了，我帶承平去問問村長是否可以外出，沒事的話就讓承平先去城門等著。」

晏承平拎著昨日從山上打的兩隻野雞，跟著晏瀚海前往村長家。

兩人敲了門，在村長家門口等一會兒，出來開門的人是村長媳婦。

村長媳婦年紀比白舒雲還要大一些，臉上盡是歲月留下的痕跡。

她一邊開門，一邊問著。「誰呀？」

晏瀚海趕忙回道：「我們是幾天前剛到村子裡落戶的，有點事想問一下村長。」

村長媳婦看到晏瀚海和晏承平，眼裡露出不屑，可下一秒，她看到晏承平手中的兩隻野雞，眼中不禁露出貪婪的目光。

他們這個村子，大多數人是被朝廷流放來的，村裡人家都很窮，沒有什麼生計，平日裡種種田、打打零工，日子也就這麼過去了。

大家剛來時手裡還有點銀子，日子都還不錯，但是銀子漸漸用完了，日子就不好過了。

這裡能種些紅薯，飽腹不成問題，更好的食材就需要花銀子買。

村長家算是村裡日子過得較好的人家了，但肉也不是說吃都能吃上，也就過年時每人能分幾片肉。

「你們進來吧，我去喊老頭子。」村長媳婦看著晏承平手裡的野雞，敞開大門，喊道：「老頭子晏家來人了。」

村長聽到聲音走了出來，看到晏承平手裡的野雞，不知要做什麼。

「妳去倒兩杯茶來。」村長吩咐他媳婦。

「茶多貴啊，我們沒剩多少了，喝水不行嗎？」村長媳婦見什麼都沒有收到，還要給他們倒茶，心裡頓時不樂意。

茶在幽州是稀罕物，他們這種小地方怎麼可能搞到茶葉，這茶還是別人請村長幫忙送的，村長自己平時都捨不得喝。

晏瀚海見此急忙出聲。「不用、不用，我們粗人哪裡用得著喝茶。」

村長媳婦聞言，開心之意都要溢出來了。

村長瞪了一眼他媳婦，面色不悅。「讓妳去妳就去，哪裡來那麼多話。」

從初見就知道晏家不是一般人，他們身上的氣勢，村長這輩子並未見過，就連姚安府的大人身上氣勢都比不過晏家。

村長媳婦被村長當著晏瀚海和晏承平的面前訓了一頓，心不甘、情不願去倒茶。

村長領著二人坐到屋子中，村長媳婦這時端著茶，「砰」一聲重重放到桌上，茶濺得桌子到處都是。

村長忍著脾氣說：「妳出去忙吧！」

村長媳婦本來還想在裡面聽聽他們說什麼，結果卻被村長出聲趕出去，她不甘心地去了院子，注意著屋內的動靜。

村長抱歉地看著晏瀚海。「我家這老婆子沒見過世面，你不要跟她一般見識啊。」

晏瀚海呵呵一笑。「哪有，哪有，嫂子這是真性情。」

「你們今日來找我何事？是要賣這野雞嗎？我們這裡從來沒有人可以捕到野味，你們這功夫可真厲害。趙家在村裡日日吵鬧，因為一點東西就鬧得不行，還是你們厲害啊，野雞都獵到了。」村長感嘆了一句又說：「你們要賣野雞就去姚安府的來順酒樓，雖然姚安府大多商戶都不開門了，但來順酒樓聽說是幽州知府的小舅子開的，月國人都避著那兒呢。」

晏瀚海一聽，對此氣憤不已，當官的尋歡作樂，百姓民不聊生，可他對此也毫無辦法，他們一家人現在不過是被流放至此，哪有什麼能耐多管閒事。

他開口解釋道：「這兩隻雞是給您家的，給你們添道菜，也算是感謝您這幾天的幫助。」

村長媳婦一直在外面注意著裡面的動靜，她一聽雞是給他們的，立刻衝進去，一把搶過晏承平手中的雞。「那多不好意思啊。既然你們這麼說，那我們就收下了。」說完，她拿著雞快速去廚房，生怕晏家反悔。

村長本來想拒絕，畢竟野雞不是那麼好抓，晏家剛來村裡還有許多東西要添置，賣掉野雞掙點銀子也好。

可是雞都被他媳婦拿走了，村長也說不出拒絕的話，羞愧地看著晏瀚海。「這……這……」

晏瀚海看出他的為難，開口道：「兩隻野雞而已，村長不用放在心上，安心收下吧。」

村長一臉不好意思。「那我就厚著臉皮收下了。」

來了這麼久還沒問到重點，晏承平實在忍不住便開口問道：「村長，當初押送我們的大人說幽州不可隨意外出，我們想添置些東西應該去哪裡買？」

村長一聽解釋道：「流放的人沒有路引和戶籍，所以不能離開幽州，你們想買些東西可以去姚安府轉一轉，有些商戶為了掙錢會偷偷開門。」

晏瀚海接著問道：「我們一路過來怎麼都沒看到村民？」

「他們啊，都躲在家裡過冬呢！我們這裡窮，現在天冷，在家裡少動就可少吃一點。我們家的兩個兒子都陪兒媳回娘家了，不然你們今天還可以認識一下，平時有事就喊他們。」

晏瀚海了然，雙方再說了一會兒話後，就告辭了。

在他們走後沒多久，村長家的兩個兒子就帶著媳婦、孩子回來了。

「今天家裡怎麼有肉味？」村長家大兒子嗅了嗅空氣中的味道。

幾個孩子開心地跑進家裡。「爺爺、奶奶我們回來啦！」

「我的乖孫子們回來啦，今天有肉吃，一會兒就能吃飯了。」村長媳婦開心地看著孫子。

「耶耶耶，有肉吃！有肉吃！」院子充滿孩子們開心的叫聲。

村長大兒媳一回來就進廚房幫忙。「娘，這肉哪裡來的？」

「前幾天剛來的晏家人，他們說有點事問妳爹，就送了兩隻雞。」村長媳婦一副理所應當的樣子。

村長二兒媳一臉驚訝。「他們出手可真闊綽，這可是兩隻雞啊！」

「來別人家裡可不得送點好的？妳爹還給他們泡了茶呢。」村長媳婦不屑地說。

她認為他們送雞是應當的，畢竟她男人可是村長呢！

村長本想要妻子改掉這副見到什麼好東西都想往家裡攬的樣子，可一出門就看到孩子們因為有肉吃而開心的模樣，訓斥的話語就說不出口了。

如果他們家有能耐，也不至於讓孩子長這麼大也吃不上幾次肉，今天晏家送來的兩隻雞可以讓孩子們開心好幾天了。

另一邊，晏瀚海和晏承平回到家，和家人們說了一聲，晏承平馬上就出發了。

他拿了一點銀子，打算這幾天先找一家客棧住著，等程稚清他們到來。

第十章

程稚清帶著晏承安和晏綺南開開心心地在關城玩了幾天，又收集了很多物資。

他們出關城時，車廂內堆得滿滿當當。

晏綺南和晏承安蜷縮在物資中間，雖然有點難受，但是他們都很高興。他們都知道家裡被流放的時候，什麼東西都沒有帶，皇帝也不允許有人送東西給他們，如果不是程稚清，他們家是真的一窮二白。

這些天，他們三人在關城買了許多東西，吃的、喝的、用的都是程稚清付錢。

程稚清駕著馬車，帶著晏綺南和晏承安趕往幽州，昨晚過於興奮導致今早起晚了，所以出發的時間推遲了一些。

不知道晏承平是不是已經在等他們了。

程稚清到幽州城門口時，看著眼前敗落的城門和搖搖欲墜的牌匾，心裡有些詫異，幽州窮得連城門都修不起嗎？

程稚清駕著馬車放緩速度進入城門，城門口沒什麼人，只有兩個士兵一左一右站在兩邊，他們看起來沒什麼精神。

進入關城時，要在城門口排著隊依次進入，站崗的士兵會檢查車廂中有什麼東西。而幽州卻不同，程稚清駕著馬車從士兵們眼前經過，也沒有人攔住，任由她經過。

偌大的幽州看起來有些荒蕪，只有零星幾個路人行色匆匆地走在街道上，感覺有些死氣沈沈。

程稚清一眼就看到晏承平，他站在不遠處，望著城門口的方向，和路上的行人形成鮮明的對比。

晏承平看見馬車上的程稚清，朝她走了過去。

程稚清駕著馬車，晃晃悠悠地停在晏承平身邊。

晏承平跳上馬車，從程稚清手中接過韁繩，程稚清的臉上只露出一雙眼睛，他認真地看著那雙眼睛，想從她的眼神中看出她前幾天過得如何。

「這幾日還好嗎？」

程稚清明白晏承平是在擔心他們，便開心地說道：「很好啊，我帶著小綺和小安在關城玩了好些天。」

她說到高興之處更是手舞足蹈，眉飛色舞。

晏承平看著她臉上滿滿的笑容，低頭輕笑了一聲。

「外面冷，妳進去坐著吧，我來趕馬車。」晏承平看著程稚清雖然包裹得嚴嚴實實，在冷風吹過時還是有些瑟縮。

程稚清面露難色，尷尬笑了笑。「啊？可是裡面沒地方了……」

晏承平一愣，怎麼會？上次他和晏承淵都能坐進去，怎麼今天就沒位置了？

他還沒有說話，聽見「吱呀」一聲，是車廂門打開的聲音。

「哥哥，我們真的沒有位置了。」晏承安在車廂中聽著他們聊天卻沒帶上自己，他實在忍不住了，打開車廂。

晏承平往身後一看，只見車廂內堆了滿滿當當的箱子，晏承安和晏綺南坐在箱子中間，晏綺南正乖巧地對著他笑。

晏承平看著車廂中擠得沒有一絲空隙的箱子，嘴角抽了抽。

「怎麼買這麼多東西？」

「王沈那天說，到了幽州就不能隨意出來了。」程稚清一臉理所應當，接著又說道：「幽州看著挺大，結果連做生意的人都沒有，一點都比不上關城，關城多熱鬧啊！幸好我們買的東西多，不然在這裡都不知道去哪裡買。」

程稚清看著晏承平，眼睛亮亮的，一副「快誇我聰明」的樣子。

晏承安在車廂中也不甘寂寞。「就是、就是，我們跑了好多家店，才買到這麼多東西，一點一點搬上馬車的。」

晏承平沒忍住，笑了出來。「是是是，你們最厲害了。」

程稚清和晏承安聽見這話都笑彎了眼睛。

程稚清見晏承安還開著車廂門，伸手將門給關上。因為晏綺南和晏承安身體都不太好，被冷風一吹怕是要著涼。

程稚清日日都給晏承安和晏綺南喝稀釋過的靈泉水，但她又不敢太過放肆怕被人看出端倪。

「我們現今住在大山村，聽那裡的村長說，這個村子都是流放過來的人。我們家在雲山腳下，雲山上有很多野獸。」

晏承平與程稚清說著他們到大山村後的事，說到雲山時，特地叮囑程稚清。「特別是妳，妳不要自己一個人跑到雲山上，到時候遇到野豬、熊可沒人救妳。」

程稚清一臉不服氣，冷哼一聲。「誰打誰還不一定呢，讓熊小心一點，落在我手裡，請你們吃烤熊掌。」

晏承平看著程稚清躍躍欲試的樣子，就知道她完全沒有把話聽進去，甚至恨不得現在就衝到雲山上獵一頭熊。

他在心裡嘆了一口氣，想著只能以後盯緊一點了。

晏承平駕著馬車趕往大山村，眾人午飯都來不及吃，只想快點見到家人們。

大山村很安靜，四周只有馬車行駛在雪地上發出的嘎吱聲。

晏承平將馬車停在家門口，有些疑惑，明明他們幾天前就念叨著程稚清三人，怎麼今天聽到動靜卻沒有出門相迎。

他抱著晏承安率先下馬車，再扶著程稚清和晏綺南下馬車。

二人剛站穩就聽見院子中傳來的聲響，其中還夾雜著白舒雲壓抑怒火的聲音。

晏承平抱著晏承安往家裡跑去，用力一腳踹開門。

「砰」一聲，院子裡的人將目光都看向晏承平。

晏家男人們不知道去哪裡了，只留下三個女人在家裡，白舒雲和明慕青正和四個凶神惡煞的漢子對峙。

「奶奶、娘，我們回來了。」晏承平抱著晏承安平靜地說了一聲，似乎絲毫沒有把那四個人放在眼裡。

為首的男人看見晏承平，獰笑一聲。「喲，這是回來個小的。」

明慕青和白舒雲看見晏承平回來顯然鬆了一口氣，她們快速走到晏承平身邊。

「承平，他們說我們流犯家裡的男人都要去挖礦。我們都說了，現在家中男人不在，等回來了會告知，他們依舊不依不饒，說沒有人就拿銀子，人和銀子一定要交一個出來。我們拿不出銀子，他們就要把我們給搶去。」明慕青看著那四人，眼中透著恨意。

晏承平平靜地看了一眼那四個人，帶著殺意。「文書呢？」

為首之人從懷裡拿出文書，抖了抖。「看見沒？我們是姚安府府衙的，趕緊讓你們家裡的男人跟我們走。」

「我們家人不在，我也不知道他們什麼時候回來。」

「好啊，你小子是不是耍我？兄弟們給我上，今天先把這個小子帶走，再把他們家給砸了。」為首的男子喊著其他人，率先向晏承平衝了過去。

晏承平將手中的晏承安往明慕青手裡一塞，將明慕青和白舒雲往旁邊一推，閃身進入四人中間，只見他一腳一個，就將來人踹倒在地。

那四人連跌帶爬地站起來。「好、好啊，你居然敢打我們……」

程稚清在一旁聽了半晌，走了過去。「多少錢可以不用去挖礦？」

為首男子被另外三個人攙扶著，不屑地說：「二百兩一個人，他們家有六個人，要麼拿錢，要麼交人。」

上邊派來的人跟他說了，晏家被流放時連身衣服都沒能帶上，家裡女人的嫁妝也都進國庫了，他們現在身上根本沒有錢。

原先早幾天就應該來了，誰知道耽誤了幾天，今天一定要把他們送去挖礦。

程稚清拿出一千二百兩在那人面前晃了晃。「這裡夠了吧？」

那男子看見程稚清手裡的銀票，眼裡發著光，伸出手想要搶程稚清手中的銀票。

程稚清快速將手收回。

那男子見狀，目露凶光。「怎麼？想反悔？」

「誰知道你收了銀子以後會不會過兩天又來要人，反咬一口我們怎麼辦。」程稚清用銀票當作扇子搧著風。「你們手上應該有名單吧？」

那男子見自己心中的算計被拆穿了，心裡盤算著應該怎麼辦，晏家流放之前當過兵，殺過人，如果硬要搶人，他們肯定是打不贏。不過，那位又遠在京城，怎麼會知道晏家男人到底有沒有去挖礦，只要自己不說，誰又會知道呢。

挖礦確實不是他編的，近年來人手空缺，挖礦危險，招募百姓也沒有人願意去。好不容易有流犯來，肯定要將他們帶去補齊人手，花錢買名額也是常見的事，只不過上頭說一百兩一個人，他私自又加了一百兩。

誰知道晏家這麼有錢，這趟下來他可以賺六百兩。

那男子眼中放著精光，心中有了算計。「我這裡有名單，我將晏家人的名字從名單上劃去，妳把銀票給我，如何？」

程稚清哪裡懂這是不是真的，她伸出手示意看看名單。

那男子看在錢的分上，將名單交給程稚清，程稚清馬上拿著名單給晏承平。

晏承平看著名單後的官印，點了點頭。
「確認了吧？」那男子有些不耐煩。
程稚清將名單還給他。「我看著你劃掉名字，你劃了我就給你錢。」
這時白舒雲走進廚房撿了一塊木炭遞給男子。
那男子用著白舒雲遞來的木炭，乾脆俐落地將晏家人的名字給劃了。「現在可以了吧？」
程稚清將銀票扔過去。「你應該知道晏家是做什麼的，如果你敢騙我們，小心你的腦袋。」
那男子憤憤地看了一眼程稚清，握緊銀票。「哼！走。」說完，與另外三人相互攙扶著走了。
程稚清看著他們走遠後，將馬車上的晏綺南叫了下來。
剛才她看事情不對勁，所以又讓晏綺南先躲回馬車上。
明慕青也進屋裡將鍾思潔叫出來。
鍾思潔懷著身孕，剛才那幾人凶神惡煞的，萬一推著碰著就不好了，所以她們先讓鍾思潔回房中避一避。
萬一今日他們沒有一個人及時回來，屋子中還有一個人知曉事情原貌，才能曉得去哪裡救她們。

鍾思潔出來後恰巧撞見晏綺南，她跑過去緊緊抱住她，多日的不安和緊張都在這一刻化為烏有。

明慕青拉著程稚清的手，低聲和她說著話。「妳晏爺爺他們知曉你們今日回來，全都上山打獵去了，想讓你們吃點好東西補一補。」

「明姨，不用這麼麻煩，我們什麼都能吃。外頭還下著雪呢，怎麼能讓晏爺爺上山打獵？他身體還沒完全好呢。」

白舒雲拉著還穿著小姑娘衣裙的晏承安。「我看他現在身體是太好了，天天往山上鑽。小清啊，妳等等可得給他把把脈，給他開最苦的藥！」

程稚清笑著說：「好，一定多放些黃連，讓晏爺爺長記性。」

眾人笑作一團。

晏承平看著她們一個拉一個在敘舊，門外的馬車無人照看，只能先出去將馬車上的箱子搬下。

晏瀚海等人這時也回來了，他們今日抓到一頭野豬。

晏修遠、晏修景、晏修同和晏承淵，每人抓著野豬的一隻腳，將野豬抬下山，一旁的晏瀚海手中還提著兩隻野雞。

晏瀚海眼尖，看見自家門口停了一輛馬車，就知道是晏承平回來了。

「快走，快走，承平回來了。」他加快腳步把剩下幾人甩在後面。

晏修遠幾人抬著野豬累得氣喘吁吁，他們看著晏瀚海拋下他們飛快地離開，也只能提著一股氣在後面追。

「回來了。」晏瀚海來到馬車邊看了晏承平一眼。

「都回來了，爺爺。」晏承平停了動作，伸手去接晏瀚海手中的野雞。

誰知晏瀚海不耐煩地甩開他的手。「不用你，我還沒老到野雞都拿不動。」

晏承平挑眉，看著晏瀚海身形輕快地進了門，沒多說什麼，隱隱約約中他聽見有人喊著「慢點、慢點」，抬頭一看原來是晏修遠等人抓著野豬在後頭追趕，他立刻裝作什麼也沒有看見，鑽進車廂中接著卸貨。

「老婆子，我們回來啦，今天我們抓了個大傢伙……」晏瀚海看著平日裡乾淨整潔的院子，如今亂七八糟，擺在院子裡的東西全都倒在地上，一副慘不忍睹的樣子，他就像一個快要爆炸的炮仗。「怎麼回事？是不是有人來砸場子了？」

晏修遠等人此時剛好到門口，恰巧聽見「砸場子」三個字，他們馬上將野豬扔在地上，齊齊衝進去。

「怎麼回事？有人來我們家了？」晏修遠看著院子中的慘狀問道：「娘，妳們沒事吧？」

晏修景此刻已經到鍾思潔母女身邊，他一手拉著一個，仔細打量她們身上，見沒有傷痕後才鬆了一口氣。

「我們都沒事，這些等等再說，你們先去門口幫承平把馬車上的東西都拿下來。」白舒雲嫌他們這麼多人咋咋呼呼的，打發他們去門口幫忙。

這時他們才想起野豬被丟在門口，一行人來到門口剛好看見晏承平。

「承平，你也回來啦。」晏修遠此刻才見到晏承平，同他打了一聲招呼。

晏承平抽了抽嘴角，剛才他們從他身邊飛身閃過，居然沒有一個人看到他。

「爹，你們把野豬搬進去後再出來搬箱子，稚清他們買了不少東西。」

晏修遠看見地上大大小小的箱子愣了一下。「哦哦哦，好。」

等所有東西都收拾妥當後，晏家眾人看著院中堆放的十來個箱子陷入沈思。

他們三人到底是怎麼把這些箱子塞進馬車中的？

程稚清尷尬一笑。「還不是看到什麼都覺得有用，就都搬回來了。」

晏瀚海馬上反應過來。「可不是嘛，多虧了小清，我們一家才能順順利利到這裡，這些東西怎麼了？不都是給我們用的嗎？」

白舒雲接著馬上說：「對啊，大家擔心妳錢花得太多了，咱們女孩子家手裡要留一點錢，這些東西就讓他們幾個大男人去賺，哪裡有妳做好事讓他們享福的道理。今天還是妳替我們家出了一千二百兩銀子，說到底，我們晏家虧欠妳良多啊。」

白舒雲想著程稚清為他們所做的一切，嘆了一口氣。

「晏奶奶，哪有什麼虧不虧欠的，按照您這樣說，我前幾年受明姨照拂，不是也虧欠明姨良多？現在還要一樁樁、一件件還清？如果不是明姨，我早就被家裡的繼母給弄死了，我才是要謝謝晏家呢！」程稚清解釋道。

晏瀚海聽到一千二百兩。「什麼錢？還這麼多？今天的事是用錢擺平的？」

白舒雲說道：「你們今日出門不久後，就來了四個人高馬大的男子說是府衙的，要將你們帶去挖礦，一定要馬上出發，可你們上山了，怎麼通知？我們好聲好氣地說，等你們回來就馬上去，他們依舊不依不饒，將我們家的東西給砸了，說人沒有就交錢，一個人二百兩。

「我們出京城時，身上一件衣服都沒有拿，全是靠著小清接濟，哪裡有銀子給他們？最後他們見錢也沒有，就想把我們拉去。幸好承平和小清回來了，小清給了銀子，他們才離開。」

晏瀚海氣得渾身發抖，背過身子喘了幾口氣，良久才從齒縫中迸出幾個字。「兔崽子。」

他知道是阮弘方那個兔崽子想讓他們一家去死，才又安排人拉他們去挖礦，他這麼多年也沒見過府衙來人就馬上要去的，要不是最後程稚清拿出的錢夠多，想必那人不會輕易放過他們。

晏瀚海挺直的脊背垮了下來，彷彿一下子老了幾歲。「小清，還是要謝謝妳啊。」

「晏爺爺這麼說就太見外了，我現在別的沒有就是錢多。」程稚清見晏瀚海突然沒了精神，耍寶般逗他開心。

明慕青這個時候才想起來，程稚清沒有留在京城，反而跟著他們來幽州，她滿臉心疼擔憂地看著程稚清。「小清，妳……妳怎麼……」

明慕青話沒有說出口，怕惹得程稚清傷心。

程稚清知道她想問什麼就直接說了。「明姨，大婚那日素言跪著求我把小安帶走，恰好那個公公沒有檢查我的嫁妝，才將小安順利帶出府了，她給我一張妳嫁妝中的地契，我和小安就在那房子裡面過了幾天。

「我爹那個心狠的，他壓根兒沒想把我接回去，生怕我連累他。我想了想，如果留在京城，我那個繼妹肯定會天天找我麻煩，找我麻煩也就罷了，萬一發現小安就不好了，才乾脆帶上小安跟著你們走。」

程稚清說著話，語氣逐漸輕快，臉上眉飛色舞，眼神中都泛著快樂的光。「但是我沒錢啊！我那個繼母太摳了，她怎麼說也是侯府嫡女，可給我的嫁妝總共就幾十個箱子，竟有一半是空的！」

眾人聽得一愣一愣，彷彿在聽書般。

「然後你們猜怎麼樣？我發現我娘留給我的信，信中說我爹是入贅的，我就帶著空箱子和信去威脅他，從他手裡拿了一萬五千兩，還順便和他斷絕關係。程明知現在住的宅子也是我娘買的，我娘把地契留給了我，走的那日，我把宅子賣給牙行了，你們知道賣了多少錢嗎？」

眾人都知道那宅子價值不凡，但看著程稚清臉上很開心，也配合地問道：「多少錢？」

程稚清跳了起來，用手比了八的手勢。「八萬兩，八萬兩啊！我從程明知手裡才拿到一萬多兩，賣宅子就賣了八萬兩，加上我娘留給我的錢，我現在妥妥是個小富婆。程明知住著我娘買的院子，還嫌棄我娘是商戶女。一想到他被趕出那五進大宅子時，臉上氣急敗壞的樣子，我就開心得不得了。」

眾人看著程稚清這副古靈精怪的樣子，也樂得不得了。

晏承平看著程稚清如此高興的模樣，不免心疼她一個人帶著小安，還要去找父親要錢，最後再帶著小安和他們成功相遇。

她一定吃了不少苦吧？

「是是是，以後就請小清富婆養著我們呀。」

程稚清大手一揮。「沒有問題，再來十個、八個，我也養得起。」

眾人笑作一團，明慕青突然想起來。「小清，妳與承平簽了和離書，不然我們現在給你們重新辦個婚禮怎麼樣？」

晏承平聽到此話，心也提了起來，他想聽一聽程稚清會怎麼回答。

眾人也都想起這件事了，當初承平為了不讓小清跟著他們流放受苦，才主動提和離，現在小清跟著他們到幽州，怎麼能讓人家不清不白地跟著他們呢！

程稚清聽到重新結婚，彷彿被雷劈，臉上開心的表情頓時僵住了。

她不想結婚啊！她只想抱大腿，然後開心地去周遊天下……

程稚清磕磕絆絆地說道：「啊，不急吧……現在這個時候也挺危險的，一辦婚禮又讓大家把目光注意到晏家身上。」

眾人一想也有道理，就沒有繼續這個話題了。

晏承平看見程稚清偷偷鬆了口氣，就知道她不想與他成親。

不過，她說得對，現在成親就是讓眾人把目光都放在晏家，還是她想得周全。

晏承平用溫柔得彷彿能掐得出水的目光看著程稚清。

程稚清被他看得怪不自在，馬上跟在明慕青後面，避開晏承平。

第十一章

程稚清第一天到大山村，就算她廚藝好，但晏家眾人都沒有讓她下廚，因此這些天都是晏家女眷做飯。

白舒雲起初難免有些生疏，畢竟做了好幾十年的鎮國公夫人，院中都有自己的小廚房，平時不用下廚，她到幽州做了幾次飯後，才慢慢找回手感。

明慕青生長於武將之家，自小持刀弄棒，自從生了晏承平和晏承安兄弟二人後，身體就不好了，刀也耍不動，每日養尊處優，哪裡碰過這些東西。

鍾思潔是大家閨秀，琴棋書畫是樣樣精通，就算偶爾下廚，也是廚娘將東西都做好了，自己再盛裝起來。

她們從來沒有學過這些東西，現在要從生火開始學起，幸好家裡有二老，不然她們連火都生不起來。

吃過晚飯後，程稚清就去休息了，家中五間房，晏家將其中一間房做了隔間，變成單獨的小房間。

晏家人想著，就算沒有在京城般良好的環境，但也力所能及地給兩個小姑娘最好的生活條件。

小子們就沒有這麼幸運了，晏修同、晏承平和晏承淵三個人擠在一個房間中，偶爾還要帶上晏承安。

鍾思潔兩個多月沒有和晏綺南相處，晚上和晏綺南一起擠在她的小房間中。

當天晚上母女倆聊到很晚，似乎有說不完的話。

一早，程稚清就起來了。

說來也奇怪，自從她到幽州以後，這雪就沒有下了，今日還出了太陽，溫暖的陽光照在身上暖洋洋的。

程稚清和晏綺南晚上休息時，就將臉上易容的東西洗去，露出真實的樣貌，換回了女裝。

晏承平這時候才看清程稚清的真實樣貌。

她白皙的肌膚彷彿散發著光芒，滴溜溜的眼睛裡似乎浸潤在水中，乾淨清澈，纖細的眼睫毛微微顫動著，眼神中帶著沒有睡醒的倦意，看起來十分嬌憨可愛。

這是他第一次這般清楚地看著她，成婚那日一切都那麼匆忙，他都沒有仔細看她一眼就和離了，後來遇上男裝的她，臉上還做了偽裝。

看著晏承平愣在原地，眼睛直勾勾地看向她身後不知在看什麼，程稚清腦袋向後一轉，發現什麼也沒有，她歪著頭，語氣疑惑。「晏承平，你在看什麼？我身後有什麼東西嗎？」

晏承平彷彿被她驚醒，迅速收回視線。「沒……沒什麼。」說著走到水井邊拿起水桶打水。

程稚清點了點頭，雖然覺得有些奇怪卻沒有繼續追問，走進廚房。「晏奶奶，今早吃什麼呀？」

明慕青看著兩人互動，在一旁偷笑，自己怎麼可能不知道自家兒子呢，明明就是動心了，之前還說對成婚不感興趣，娶稚清是為了報恩也給她做伴。現在好了，想要娶人家，人家不願意了。

如今程稚清一副沒有開竅的樣子，自己兒子有得磨嘍。

白舒雲聽見程稚清的聲音，慈祥一笑。「小清餓了呀？簡單蒸了一點紅薯，熬了一點稀粥，馬上就好了，再等等啊。」

程稚清聽著這哄孩子的語氣有些哭笑不得。「好，晏奶奶，我不著急，您慢慢來。」

眾人吃過早餐後，程稚清著手處理晏家人所要喝的藥。

昨晚程稚清幫他們挨個兒把過脈，看了看身體是否還健康。

上一世白舒雲經歷孫女、兒子、孫子離去，接著陪伴自己半生的老頭子也走了。她撐著一股氣，帶著剩下的人到幽州後，那股氣洩了，便一病不起，晏家想方設法給她醫治，最終都沒有用。

幸好晏瀚海和白舒雲都沒什麼事，只是年紀大了，加上流放損傷大，補一補身子就好了。

鍾思潔昨日有些被嚇到了，要喝安神湯。至於明慕青生孩子留下的病根，則用靈泉水滋補。其餘人跟著喝一些強身健體的藥。

晏家男人們今日沒有上山，而是留在家中處理昨日獵到的野豬。

晏瀚海坐在院中拿出前幾日做的竹編，一邊陪晏承安玩，一邊指導他們怎麼處理野豬。

晏修同哪裡見過這場面，在一旁興奮亂叫，晏修遠嫌棄地看了一眼這個娘冒著生命危險生出來的小弟，將他推遠了些。

這時敲門聲響起，晏承安蹬著小短腿跑去開門，他踮起腳尖，手努力伸長，才勉強搆到把手。

門外站著王才良和趙家生，他們臉上寫滿愁容。

晏承安開了門後，跑回晏瀚海身邊，晏修景替二人拿來椅子放在晏瀚海身邊，順便還給他們送茶水。

兩人看見晏承安，不禁對視一眼，這不是當初跟著他們上路的三兄妹之一嗎？

「這……她……」趙家生用手指著晏承安。

晏瀚海一個凌厲的眼神看向他們，似乎在說：你們要是說出去，今日就沒有活路了。

看到這裡，他們哪裡還有什麼不明白的，聽說晏家二老爺有一個三歲的小兒子死在獄中，想必這就是晏家二老爺的小兒子吧。難怪流放時，他們總見著晏老帶著一個孩子到處玩，原來就是他自己的孫子。

王才良裝作什麼也不知道，捧著手中的熱茶喝了一口，一臉愁苦地問：「晏老啊，您家今日有府衙的人來家中通知，一家出三個男人去挖礦嗎？」

「怎麼？」晏瀚海有意探知這到底怎麼回事，沒有說出他們家昨日就已經來過人了。

趙家生嘆了一口氣。「這哪裡要讓我們活啊，我們人剩下本就不多，剛來村中那天為了房子就分家了，如果沒分家倒還好，這一分家，一家出三個，我們哪裡還剩什麼人。」

「雖說一個人可以用二百兩銀子換下，但我們也沒有這麼多銀子啊！」王才良接著說。

「來人可說什麼時候去？」晏瀚海問道。

「府衙的人說讓我們考慮三天，三天後就來接我們。」

「這些大男人一走，留下我們這些老的，怎麼養得起家裡的老老少少？當真是一點活路也不留給我們啊！」王才良和趙家生你一句、我一句就將事情解釋清楚了。

「就我們這群剛到這裡的人要去挖礦？村中的人要去嗎？」

「我們這群人一家出三個，村中人家一家出一個，什麼壞的都讓我們給遇上了。」

晏瀚海偷偷撇嘴角，心想：你這哪裡算壞的，我家可沒什麼考慮三天，昨天差點就被拉走了，你們今天就見不到我們了。你們一家出三個，我們全家的男人是險些一個都不剩。

晏瀚海嘆了一口氣。「這也沒有辦法啊，兒孫自有兒孫福，讓他們自己選吧，我們現在是民，哪裡有民可以壓得過官？」

王才良和趙家生也知道這個道理，他們就是想找人訴苦。

「晏老，您家怎麼安排？」趙家生問道。

晏瀚海看了一眼趙家生，不緊不慢說道：「我們？我們出錢吧。我家老大之前在戰場上殺敵落下一身的傷，老二媳婦懷了身子，老二得留在家中照看，總不能老的都不去讓小的去吧？沒這個道理，我們花錢買清靜。」

王才良和趙家生相視一眼，看來晏家還是有家底在，這麼多年有點人脈也很正常，說不定到了幽州後，已經有人來送錢給他們了。

王才良突然一臉諂媚地湊到晏瀚海身邊，臉上帶著笑跟一朵老菊花似的。「晏老，您看……能不能……」

晏瀚海一看他這副樣子就知道他心裡打什麼算盤，直接拒絕。「沒有了，我家就這點銀子了，人換下來，我們真的一點也不剩了。」

他們都是用程稚清出的錢，哪裡還有餘錢借出去。

王才良被拒絕後，面上寫滿失落，他們也沒有繼續待下去，向晏瀚海告辭後就回家了。

他們相互攙扶著一步一步走出晏家，那抹雪地上淒涼的背影，晏瀚海看了片刻，終究有些不忍心。

「修遠啊，你去送兩條肉給他們，我們現在雖然幫不上什麼，送一點肉還是負擔得起。好歹臨走前吃點肉補補身體，聽說挖礦很苦啊。」晏瀚海嘆了一口氣，轉身回房了。

晏修遠拿著兩條肉追出去，跑了一段路，臨近點才喊道：「王叔、趙叔，你們等等。」

王才良和趙家生聽見背後有聲音便停下一看，晏修遠看他們停下來，加快腳步追了上去。

「王叔、趙叔，這肉你們拿著，我們家實在沒有能耐幫你們度過這個難關，我爹讓我送你們一點肉，也算是臨走前吃一頓好的吧。」晏修遠將肉塞到王才良和趙家生手中。

王才良和趙家生連忙推辭。「這怎麼好意思……我們不能收，不能收。」

「拿著吧，也是我們家的一點心意。」

王才良和趙家生嘆了一口氣，不再推辭。「那……那我們就收下了，替我們謝謝晏老。」

晏修遠回去的路上，聽見原先寂靜的村中，現如今家家戶戶都傳來哭喊聲，他聽著這哭聲突然有些慶幸。

如果不是程稚清，他們哪有銀子可以免去名額，現在娘、娘子還有弟妹應該也是如此為他們而難過吧……

晏修遠加快腳步返家，絲毫沒有注意身後有一雙眼睛正看著他，並且在他走後，重重關上了自家的門。

「娘，怎麼了？」村長大兒媳看著村長媳婦不曉得怎麼回事，站在門口好一會兒，突然就把門關上了。

村長媳婦瞥了一眼自家兒媳，突然很生氣地指著她罵道：「妳男人都要去挖礦了，妳還愣在這裡幹麼，還不去借點錢回來？」

「娘，我們從哪裡借錢啊，誰不知道我們大山村最窮了，我娘家都不願意跟我們來往了，再說了，誰說是我相公去，二弟怎麼不能去？娘，您也太偏心了吧。」村長大兒媳委屈地說。

村長媳婦一把推開她。「滾開，真是個喪門星！」

她回到房中坐在床上，想到自己的兒子馬上就要去挖礦，家裡卻沒有錢能夠免去苦役，加上剛才看到晏修遠送了兩條肉給趙家和王家，讓她更加生氣。

村長媳婦越想越難受，一把扯過村長手中的東西，扔在床上。

村長有些不耐煩。「又怎麼了？」

村長媳婦沒搭理他，自己生著悶氣，村長也沒繼續問。

過了一會兒，村長媳婦忍不住湊到村長身邊，小聲問道：「你知道我剛才在門口看到什麼了嗎？」

村長都沒有抬頭看她一眼，敷衍道：「看到什麼？」

「晏家那兒子送了王家和趙家兩條肉，是豬肉。」這她肯定不會看錯的。

村長家在村子中間，晏修遠追出來時，趙家生和王才良剛好走到村長家門口，這一切就恰好被村長媳婦看到了。

村長皺著眉頭，有些不高興。「送了就送了，關我們什麼事？」

村長媳婦像是被火燙了般，激動地跳了起來，大聲喊著。「怎麼不關我們的事了，你可是村長，是我們大山村最大的人，晏家一個剛來的，憑什麼送肉給趙家和王家，卻不送給我們？」

村長有些古怪地看了一眼他媳婦。「人家的東西想送給誰就送給誰。什麼我是村裡最大的，妳以為自己是土皇帝？有什麼好東西都得上貢給妳？」

村長媳婦被村長這麼一說顯然有些冷靜下來了，但她還是不甘心，接著哭喊嚷嚷道：

「虧你還是村長，你兒子死活你都不管了，我的孫子沒了爹可怎麼活啊！」

村長一皺眉，面色難看。「全村人都要去，妳能怎麼辦？我只是個村長，又不是天皇老子，妳讓我跟誰求情？再說了，我們家什麼條件妳不清楚？把我們全家都賣了也不值二百兩銀子這個價。」

村長媳婦見村長有些生氣了，沒敢繼續哭喊，嘴裡嘟囔道：「晏家能送肉給趙家和王家，他們肯定有錢。你去跟他們借，你是村長，他們剛來為了面子肯定會借給你的。聽說他們被流放之前是大官，大官怎麼可能沒有銀子？他們買房子的時候，五兩銀子說拿就拿了，你看著他們像是沒錢的樣子嗎？」

村長面上神色一鬆，顯然有些被說動了。

村長媳婦見狀，接著說道：「誰家來這裡花五兩銀子，買一間不能吃、不能喝的房子？五兩銀子能買多少糧食啊！你看我們家攢了幾年有五兩銀子嗎？」

她話鋒一轉。「你如果不去借錢，兩個兒子，你要讓誰去？剛才大兒媳還罵我偏心，我看就是你偏心。那挖礦能是件好事嗎？頭兩年那個老王家的老大去挖礦，說是賺得多，結果呢？才三天，屍體就抬回來了。」

村長一臉凝重，顯然也想起老王家的大兒子，他的屍體被抬回來的那天身上沒有一塊好肉，半個腦袋都沒了。

村長想了一會兒，彷彿下定決心，他緩緩站起身子，嘆了一口氣。「走吧。」

村長媳婦本來還想再說點什麼，突然聽到村長說走，疑惑問道：「去哪裡？」

「妳不是說上晏家借錢嗎？走啊。」村長沒有耐心跟他媳婦囉嗦，大步走出門。

村長在自家院子中轉了一圈，抓了一隻雞圈裡的老母雞。他那天看到晏家兒媳懷了身孕，剛好帶隻雞上門。

村長媳婦一看村長手中提的雞，衝上前一把搶下老母雞。「你抓雞幹麼？這雞還能生蛋給孫子吃的。」

她小心翼翼地護著自家的雞，這雞養了一年，就等著過年殺了，吃一頓好料。

「妳上別人家做客，求人辦事，不帶點東西？」

村長媳婦一臉心疼。「帶什麼雞啊，他們家像是缺肉的樣子嗎？我看拿點泡菜去就行了。」

村長看著自家媳婦不可理喻的樣子，最終沒有多說什麼，一甩袖走了。

村長媳婦急急忙忙裝了一小碗泡菜，連忙追出去。

村長夫婦到晏家時，晏瀚海才剛收拾好心情，帶著晏承安在院子中守著熬藥的小鍋。

晏家院門敞開著，晏瀚海一抬頭就看見村長和他媳婦站在門口，他起身迎了上去。

「村長啊，你怎麼來了？有什麼事嗎？」晏瀚海走到門口，將他們迎進家門後，叫來晏修景倒水。

晏修景將茶遞到村長媳婦手中，村長媳婦立刻接過，也不管燙不燙，馬上把一整碗茶水灌進嘴裡，完了還咂吧咂吧嘴。

在她心中已然認定晏家是有錢人家，肉都能輕易送出去，家裡的茶肯定也是好東西。

她放下碗才注意到他們三人都看著自己，訕訕笑道：「這茶挺好喝的。」

村長看著自家媳婦那小家子氣的樣子，感到有些難堪。「她這人沒見識，讓大家見笑了，見笑了。」

晏瀚海哈哈一笑。「我反倒是覺得嫂夫人對我胃口，茶不就是水嗎？渴了就是要大口喝水，品茶都是些文人的把戲，我可學不來。」

村長媳婦一聽這話，立刻順著杆往上爬。「可不就是這樣，這茶我也沒喝出什麼好歹來，一嘴巴的苦味……」

「妳去找弟妹說說話，我們大男人聊天，妳一個女人家在這裡幹什麼？」村長臉色不豫，打發她去找白舒雲。

再讓她多說兩句，他這張老臉就丟光了，以前妻子不是這樣的，雖說有些貪小便宜，但也是個爽利大方的人，不知這兩年怎麼回事，越發左性了。

村長媳婦見村長有些生氣也不敢反駁，生怕他一氣之下連借錢也沒有提就回家了，她不甘心地站起身子。

晏瀚海見狀，道：「修景，帶著嬸子去找你娘。」

村長媳婦跟著晏修景去了廚房。「娘，村長媳婦來了。」

白舒雲和明慕青在廚房處理野豬頭，用鹽醃製能保存得更久一些。

村長媳婦一進廚房，就看見滿滿當當的野豬肉，眼裡閃著精光。

「晏家的，前幾日家中忙，今日才得空，帶了點自家做的泡菜給你們，妳可別嫌棄啊，我們鄉下就這些東西多。」她拿出那一小碗泡菜放在廚房的桌子上，眼睛就沒有離開過野豬肉。

白舒雲擦了擦手，走到她身邊。「妳看妳，這麼客氣，來就來還帶什麼東西。我們剛來，什麼都缺，哪裡會嫌棄，還要多謝謝妳呢！」

村長媳婦面上帶笑。「喲，怎麼這麼多肉？我們大山村窮，還沒見過這麼多肉呢。」

「前兩天家裡男人上山遇到野豬，就獵了回來，我跟他們說遇到野豬馬上就跑，那雲山野獸多著呢，他們偏不聽，回來還受了傷。」白舒雲一副埋怨的口氣。「趁著天涼趕緊把牠處理好，能吃很久呢。」

「可不是嘛，這些男人就不聽我們女人說話。」村長媳婦擺出一張苦瓜臉。「晏家的，你們家有府衙的人來嗎？」

她沒給白舒雲回答的機會，自顧自地說：「他們說啊，要我們大山村一家出一人去挖礦。前兩年我們村有個人說挖礦賺錢，就去了，結果才三天，屍體就抬回來了。妳說說，我家就兩個兒子，讓誰去不都是偏心嗎？可是我們窮啊，一個人要二百兩銀子，我們哪有這麼多錢。」

白舒雲大概也猜到她的來意了，不知道她怎麼覺得自己家有錢，想找他們借銀子。

「唉，妳說說這世道，我們家才剛來，我們剛被流放就不是人了？他們要我們家去三個男人，三個男人走了，我們這一家老小可怎麼活？」白舒雲順著村長媳婦的話抱怨著。

在村長媳婦看來，他們這些有錢人聽人說了難處，往往為了彰顯自己有錢就會借他們銀子，但是現在她看白舒雲不接話，頓時有些著急。

「不是，晏家的，你們從京城來，手裡肯定有銀子，家裡男人還能打獵，日子肯定差不到哪裡去。我們就不一樣了，少了一個，我們日子都過不下去啊！」

白舒雲一看她這副樣子也不想跟她兜圈子，一臉平靜地看著她。「嫂子，妳有話就直說吧！」

村長媳婦被這麼盯著心裡還是有些發毛，但她還是將話說出口。「妳看……能不能借我們一點銀子，也不用多，一百五十兩就可以了，剩下的五十兩，我們再自己湊。」

明慕青在一旁靜靜聽著，聽到一百五十兩時，白眼一翻。

真是好大的臉，一百五十兩也敢說出口，她怎麼不乾脆直接讓晏家把二百兩都幫他們出了。合著他們晏家是冤大頭，給全村人都保下來算了。

白舒雲也猜到村長媳婦會跟他們借銀子，但沒想到她會說出一百五十兩。

「不是我們不借給妳，我們也沒有這麼多銀子。大家同為有罪之人，才能在一個村子中相遇，誰也沒有比誰高貴，我也不瞞妳，我們被流放出京城時，什麼也沒有帶，就算有這銀子，也是先緊著我們自家人。再說了，就算我願意借你們一百五十兩，你們拿什麼還呢？就像妳說的，大山村人人都窮，肉都吃不起，我們又無親無故的，妳怎麼讓我相信，妳有能力還這一大筆銀子呢？」白舒雲溫和的聲音中自帶威嚴，這麼多年的鎮國公夫人不是白做的。

村長媳婦臉上一陣青、一陣紅，她沒有想到白舒雲居然這麼乾脆地拒絕了自己，甚至連一點好話都沒有說。

白舒雲見她好一陣子沒有說話，接著道：「該不會你們不想還錢吧？說得好聽是借銀子，實際上卻把我們晏家當作冤大頭，找你們還錢的時候，你們哭一哭也就過去了。」

村長媳婦沒想到對方一句話就戳破了自己內心的算計，她臉色鐵青，磕磕絆絆地說道：「我……我家老頭子可是村長！你們要在村子裡生活就得聽我們的。」

白舒雲輕輕一笑。「村長？村長又怎麼樣？村長的兒子就不用去挖礦了？還是說村長可以借錢不用還？」

村長媳婦被白舒雲不痛不癢的態度氣得要命，可是又想不出話反駁，她憋紅了一張臉，手哆哆嗦嗦地伸出來指著白舒雲。「你們這些人就是越有錢就越吝嗇，我們都這麼慘了，你們憑什麼不借錢給我們？」

她倏地一下站了起來，拿了離她最近的肉，順便將自己放在桌上的泡菜也端了起來，轉身就要走。

白舒雲見她拿了自家的肉，臉上的笑意一下就沒有了。「把肉給我放下！」

她沒有想到村長媳婦居然是這種人，當著人家的面就敢搶家裡的東西，臉皮可真厚。

村長媳婦緊緊抱住懷中的肉，死盯著白舒雲。「憑什麼？你們都給了趙家和王家，憑什麼我們家不能拿？」

明慕青沒有多說一句廢話，她抄起放在砧板上的刀，掄了一圈，刀尖緊緊插在砧板上。

她用看待死人般的眼神看著村長媳婦，彷彿在說若不放下肉，後果自負。

白舒雲看到明慕青的動作，她用十分溫柔的語氣對村長媳婦說：「我這兒媳什麼都好，就是有點暴躁，說不定下一刻刀就在妳身上了。」

村長媳婦看明慕青的手漸漸伸向刀，她哆哆嗦嗦地扔下肉，嘴裡還說道：「不就肉嘛，不給就不給，誰吃不起似的。」說完，拿著自家泡菜飛一般逃出了廚房。

明慕青看著她逃竄的身影，噗哧一聲笑出來。「還以為多硬氣呢，也不過如此。」

白舒雲看著明慕青，無奈地搖了搖頭。「妳啊妳。」

「小清的藥丸可真管用，才吃幾天身上就有力氣了，我現在還能耍刀了。娘，熬的藥，您可得一口不剩喝完。」明慕青喜孜孜地看著自己的手，一邊叮囑白舒雲。

白舒雲不愛喝藥，嫌藥苦，每次喝藥都得一大家子人盯著。

她不耐煩地擺擺手。「知道了，知道了。」

另一邊，村長終於打發走妻子，拿起茶碗喝了一口茶，就聽見晏瀚海問道：「村長，你今日來有什麼事嗎？」

村長咳嗽了兩聲。「想必你也知道了，府衙派人通知我們村一家出一人去挖礦，你們家有什麼打算？」

晏瀚海不知道他今日來做什麼，端起茶杯喝了一口，沈思了一下。「我們還有一點積蓄剛好夠付三個人的錢，錢沒了不要緊，人才是最重要的。」

村長緊捏著手中的茶碗，他看著晏瀚海端坐在那兒，臉上沒有絲毫表情。

「爺爺，藥快好了。」晏承安突然站起身轉向晏瀚海，指著地上的藥鍋。

晏瀚海臉上充滿笑意。「知道了，你去找小叔玩吧。」

晏承安應了一聲後開開心心地跑了。

村長沒有見過晏承安，詫異地問道：「這是？」

「這個啊，我大孫子出門那天，見到這小孩被人丟在路上，大雪天的一個小孩穿得單薄，我大孫子陪著他等了等，見沒人來找他，就把他帶回來了。」晏瀚海隨意說了一個藉口敷衍他。

村長也知道他沒有說實話，但是別人不想說，自己又能怎樣，便尷尬地笑了笑。「是這樣啊，就你們家心善，放在我們家，自己都吃不起飯了，怎麼還能再收養一個。」

晏瀚海沒有說話，兩人就這麼靜靜坐著，彷彿空氣都凝滯了。

村長見晏瀚海沒有開口說話的意思，他一口接一口喝著茶，莫名有些緊張，額上甚至出了些汗。

他欲言又止地看著晏瀚海，放下茶碗似乎下了決心。「我年紀比你稍微大一點，就託大喊你一聲老弟。」

村長深呼吸了一下，面上帶著羞愧，忸怩不安。「晏老弟啊，你們……你們家還有沒有多餘的銀子，能不能……能不能借我們一點？」他急急忙忙又說道：「我們一定會還的，你放心。」

晏瀚海是真的沒有想到村長居然找他們借銀子，他們看起來就這麼有錢的樣子？

晏瀚海嘆了一口氣。「村長，不是我們不想借，我們真的沒有多餘的銀子。大家現在都是鄉親，能幫一把我也就幫了，這挖礦我也多多少少知道一點，哪有眼睜睜看著鄉親去送死的道理，你說是吧？」

村長聽到晏瀚海的話，心裡的希望頓時煙消雲散，他心裡也清楚，就算有銀子，他們家三個人六百兩也差不多耗盡了，怎麼會借給毫不相干的人呢？

再說了，就算自己借到銀子，那村裡的人呢？他們三天後，看到他家沒有出人又會怎麼想？大家都是一樣窮，去哪裡能借到二百兩銀子？

晏瀚海見村長佝僂著腰，苦著一張臉。「不然這樣吧，這兩天我們家老大會上山打獵，你去問問看有沒有村裡人願意跟我們一起去，別的不說，我家老大和我大孫子上過戰場，跟我們上山肯定不會有事，人肯定保護得好好的。雖說不能在短短兩天就獵到夠換全村人的銀子，但是家裡有點銀子做什麼也放心些。」

村長眼睛一亮，挺直了背。

是啊，人在家中也不能賺銀子，就算獵不到東西，也能在最後吃一頓好的。

村長眼睛裡似乎含著淚光，顫顫巍巍伸出手握住晏瀚海的手。「晏老弟，真是多謝你了，你們家大善啊。」

晏瀚海用力從他手中抽出自己的手，將兩手放於背後，一臉嚴肅地說：「不過我有一句話還是要強調，村中每家一人，多的不行。這兩日過後，我們不會再幫忙帶村中人上山打獵，如果村中人擅自上山出了什麼意外，可別賴到我們身上。」

晏瀚海對自家的實力很是自信，雲山多年沒有人敢上去打獵，動物繁殖過快，山上野豬和野狼都不少，他們自己人上山沒問題，村民上山說不定不是打獵，而是被獵物吃了。

規矩還是要提前說好，免得他們這次嚐到甜頭，自己上山打獵沒落得好處，最後有什麼意外反過來責怪他們。

村長此時容光煥發，他也能給村人們一點交代了。「不會的，不會的，我會交代他們。」

此時村長媳婦白著一張臉衝進來，躲到村長身後。

村長眉頭一皺訓斥道：「妳這是做什麼？」

村長媳婦躲在村長身後似乎有了底氣，大聲嚷嚷著。「她們拿了刀要殺我。」

白舒雲走過來，面帶歉意。「嫂子是被嚇到了，剛才嫂子一進門就跟我們說借一百五十兩，我們家哪有這麼多銀子，我家大兒媳一聽這話，刀沒拿穩落在砧板上，就把嫂子給嚇到了。」

村長媳婦見村長在，感覺有人撐腰，聽到白舒雲這麼說，立刻大聲喊著。「不就借你們家一點銀子嗎？你們怎麼這麼小氣，你們家多少個大男人，去一個怎麼了？我家可就兩個兒子啊，妳把錢借我們，我兒子就不用去了，我老頭子可是村長，你們還想不想好好在村中生活了？」

村長媳婦躲在村長身後，伸出頭，大聲嘶喊著。「還有肉……嗯……」

村長聽見他媳婦的這番話，感覺臉一陣發燙，似乎自己的臉面被人扔在地上踩。他聽著她似乎還要講什麼，趕緊轉身捂住她的嘴。

村長面紅耳赤，羞愧地對晏瀚海說：「晏老弟，是我沒有教好她，讓她如此狂妄自大，她今日說的話，你們不要放在心上。」

晏瀚海搖搖頭，他還不至於和一個女人斤斤計較。

村長拉著他媳婦，在原地支支吾吾半天。「那我們剛才說的事……」

他真的害怕媳婦的嘴得罪了晏家，晏家反悔了，那他就是全村的罪人啊。

「照舊，明天就上山，最好快些通知大家。」

「我馬上就回去跟村裡人說。」村長說完又抱歉地看了一眼白舒雲。「弟妹，實在對不住。」

白舒雲笑著搖搖頭，表示沒事。

村長告辭，拉著他媳婦就往外走，村長媳婦還有些不甘願，罵罵咧咧走了一路。

村長一路半拖半拽著他媳婦回家，他今天的臉面都被她給丟盡了，還差點把事情搞砸。

村長媳婦一進門就破口大罵。「你個沒出息的、窩囊廢！你是村長，你還怕他一個剛到這裡的？」

村長氣得發抖，他從來不知道自己媳婦是這樣的人，大聲呵斥道：「妳知道什麼？我今天才知道，妳臉皮可真厚，開口就是要一百五十兩，把妳賣了能值這麼多錢嗎？」

「一百五十兩怎麼了？對他們有錢人來說，一百五十兩就是一百五十文，這點錢算什麼？」村長媳婦跟村長吵得面紅耳赤。

村長面對他媳婦的無理取鬧，顯然有些累了。「我不跟妳吵了。晏家說明天願意帶村民上山，我們兒子去不去？」

村長兒子在屋內聽到爹娘吵架，也不敢去觸爹娘霉頭，所以躲著沒說話，現在聽到村長說晏家願意帶人上山，紛紛來到院子中。

「爹，晏家敢上山？山裡很多野獸啊。」

村長面對兒子還是有些耐心。「我們這個村，我看最有本事的就是晏家他們，你們那天吃的野雞就是他們打的。他們說了，村裡一家出一個人跟他們上山，他保證把你們安全帶下來。你和你弟弟商量商量吧，上山的人不用去挖礦，打到獵物賣的錢，不用交給家裡。」

村長兒子臉上露出笑意，內心都有些激動，兄弟倆相視一眼，沒有說話。

村長媳婦激動得大叫起來。「去什麼去，我們剛才得罪了晏家，我們兒子跟他們上山，兒子還能平安回來嗎？不許去，誰敢去，我就不認這個兒子！」

村長沒有理會他媳婦，只是靜靜地看著兩個兒子。「你們怎麼說？」

村長兒子聽到他娘那麼說，頓時都有些退意，萬一晏家記仇，故意讓他們死在山上怎麼辦，剩下的那一個還不是要去挖礦？

他們後退一步，囁嚅著，眼睛不敢直視村長。

村長看到他們這樣子還有什麼不明白的，他什麼也沒說，只是嘆了一口氣。

他還要去通知村裡人明天要上山的事，沒跟他們多說廢話，一甩袖就走了。

「娘，爹不會生氣了吧？」

「沒事，你爹什麼樣子你還不知道，別管他一會兒就好了。」村長媳婦絲毫不在意村長的舉動。

第十二章

晏家。

程稚清在屋內聽著外面的鬧劇，等到人走了後才出來。

她感慨道：「沒想到村長媳婦是這樣的人，明明村長看起來挺正常，也挺關心村裡的。」

晏承平想起自家接濟過的人家，嗤笑一聲。「這種人多了去。幫助過的人都會反咬一口了，更何況是才剛見面的人。」

晏瀚海聽到晏承平的話也想起來，自己幫助過的人是怎樣對待他們，他有些手足無措地看著晏承平，眼裡盡是慚愧。「爺爺是不是不該答應帶他們上山？」

晏修遠看到晏瀚海如此受傷的模樣，瞪了一眼兒子。「沒有的事，爹想怎麼做就怎麼做，我們有能力就幫一把，也是順手的事。承平就是氣不過，您別多想。」

晏承平摸了摸鼻子，他沒有想到爺爺會想這麼多，就是隨口抱怨一句。「爺爺，是我不對，您別生氣。」

「我哪裡生什麼氣，有些難過罷了。」晏瀚海轉身走回房間，背影盡是落寞。

白舒雲冷哼一聲。「承平不用搭理他，他就是不想喝藥，故意演戲哄騙你們的。他一把年紀了什麼沒見過，幾隻白眼狼而已，能讓他難過嗎？」

晏瀚海聽見這話，腳步一停，隨即加快步伐，他想趁著大家沒反應過來時，趕緊走進房間。

他確實有些傷心，但是傷心的部分沒那麼大，就像白舒雲說的，一把年紀了什麼事沒經歷過，不至於被幾個小嘍囉打倒。

程稚清剛好端來藥。「晏爺爺，藥好了，您喝完再進去吧。」

晏瀚海裝作沒聽見的樣子繼續往屋裡走。

晏承平也看出來爺爺是故意的，他接過程稚清手裡的藥，快步走到爺爺身邊，將藥往他跟前一遞。「爺爺，稚清說藥好了，可以喝了。我給您拿過來了，直接喝就行。」

晏瀚海看著面前黑糊糊散發著苦澀氣味的湯藥，訕笑道：「年紀大了，沒聽見小清說話。我這就喝，這就喝。」

他從晏承平手中接過藥，一口氣灌下去，苦得臉都皺成一團。

程稚清開心地笑道：「晏爺爺，明天還有哦。」

經過這麼多事情，程稚清在晏瀚海心裡的分量那是相當重要，她說的話哪裡可以拒絕，他聽著明日還有，只能皺著臉硬擠出笑容。「好啊，好啊，小清的藥就是不一般，這剛喝完，我身體就好了許多。我有些睏了，想進去睡一下。」
他也沒等眾人回應，將碗塞回晏承平手中，如同兔子般溜進屋內。
眾人看著晏瀚海的背影哈哈大笑。

第二日，天才剛亮。
村長帶著三十來人聚在晏家門口。
村裡總共就三十幾戶人家，他們想著反正要去挖礦，不如拚一把給家裡多留點銀子。
晏家提前跟村長說了時間，讓村民們自備乾糧。
「臨走前有幾句話跟大家說，村長應該也跟大家說明了，我們晏家就幫諸位這一次，上山期間我們能教的會儘量教，能學多少看你們自己的本事。以後上山我們不會帶著你們，你們有把握的人可以自己上山，沒把握上山的人缺胳膊、少腿可不要賴給我們晏家。大家沒什麼問題吧？」晏修遠又問，見眾人沒有說話，他接著說：「沒什麼問題就出發吧！」
晏修遠率先向雲山的方向走去，眾人跟在他的身後，晏承平斷後。
村長看著他們逐漸縮小直至看不清的身影後，才轉身回家。他們家沒有一個人跟著去，縱使他想跟去，但一把老骨頭，也不好意思給村裡人添麻煩，只希望他們回來後，家裡人不要後悔才是。

「爹，這都一個時辰了，怎麼他們還不回來？不是說會回來吃飯嗎？」明慕青擔憂地站在門口，看著悠閒坐在椅子上的晏瀚海問道。

「急什麼，妳不信妳男人，也要信妳兒子，他當初可是單槍匹馬把我們給救出來的。」晏瀚海一點也不在意他們為什麼晚歸，不外乎就是下山的時候又遇到野獸了。

門口人來得越來越多，都是上山之人的親屬。

村長和他媳婦、兒子也都來了，就想看看晏家到底能有多厲害。

村長媳婦看著時間一點一點過去，卻沒有一個人下山，忍不住得意地說道：「我就說，這晏家沒有這麼厲害吧，雲山多危險啊，我們祖祖輩輩都不敢上去的地方，晏家說能保護村民就能保護得了？」

其餘人沒有說話，村長那天都跟他們說明清楚了，他們選擇相信村長，上山也是他們同意的，就算真的出什麼事也不能賴晏家。

村長媳婦還不停說著。「幸好我沒讓我兒子去，不然出了什麼事可怎麼辦啊！」

人群中有兩人忍不住了。「妳給我閉嘴，妳是不是因為自己兒子沒去，生怕我們打到好東西，故意咒我們？」

另一人，直接上前抓著村長媳婦的頭髮，給了她兩巴掌。「妳嘴不乾不淨，給我閉嘴。」

這人是村裡輩分最大的長輩，村長媳婦被她打了之後也不敢多說話，只是捂著自己的臉，眼神帶著恨意看向雲山。

突然人群中傳來一聲。「回來了、回來了，我看見他們了！」

人群中一陣躁動，甚至有人哭了出來。

村長媳婦看著遠方的人影，不可置信地瞪大了眼睛。

晏承平和晏修遠兩人抬著兩頭狼，他們走到自家門口將狼扔了下去，恰好扔在村長媳婦面前。

村長媳婦看著狼的眼睛直勾勾盯著她，一時受到驚嚇便暈了過去。

村裡人沒有管她，只有她兩個兒子將她灰溜溜地架回去了。他們心裡也後悔不已，尤其看到那麼多獵物，他們當初怎麼就沒有再堅持一下。

此次上山獵到不少東西，有幾頭羊和狼，還有四頭野豬，兩大兩小，兩隻小野豬是下山時候遇上的，因此耽誤了些時間。

晏修遠對村長說：「村長，這些東西你讓人安排賣了吧，我們就不跟著摻和了，我們就要那一頭懷孕的母羊，其他東西就不用分給我們了。」

這些都是晏家事先商量好的，他們想要獵物隨時都能夠進山，並不缺這一點東西，但是對於村民來說就很重要了。他們只討要這隻母羊，也是為了鍾思潔，她現在已經有五個多月的身孕，如果沒母奶，孩子還可以喝羊奶。

村長連忙推辭。「我們能夠打這麼多獵物都是靠你們，我們不能拿這麼多。」

「不用說了，就這麼分吧。」

「那……那好吧。」村長猶豫一下，最終答應了。

男人們深知此次打獵，他們就是撿漏的，雖然他們對晏家很感激，但更多的是懼怕，此行也是晏家給他們的警告，如果敢對晏家不利，那他們就會像這些獵物一樣。

女人們紅著眼眶不停地向晏家道謝。

「快去賣了吧，早點換回銀子大家分一分，明天去挖礦也更安心。」

村長一聽是這個道理，連忙驅散人群，派人去賣掉獵物。

他們運獵物去姚安府的路上時，遇到貴人，貴人看中他們板車上的狼，大手一揮將所有獵物全部買了下來。

狼皮最值錢，如果毛皮完整，那人給得更多，現在村中三十來人，每人能分到三十多兩銀子，他們已經很滿足了。

村中人拿到三十多兩銀子，眼眶都紅了，他們一輩子也賺不了這麼多銀子。

天越來越冷，雪接連不斷下了好幾日，將上山的路給封住了，樹上也結了一層厚厚的冰霜。

程稚清醒來，就看見晏瀚海和白舒雲在咳嗽，給他們把了脈，才知道原來是晚上被凍著了。她趕緊替他們開藥，以免病情加重。

晏修遠聽到敲門聲，打開門，發現門口有一捆柴。

他探著頭往村裡的方向看了看，沒有看見人，他將柴拎進去。「不知道村中誰又送柴給我們了。」

自從晏家帶著村裡人去打獵，村裡每家手中都有積蓄，村裡人家十分感激晏家，經常送東西給晏家，一點自家做的泡菜或者一捆柴。剛開始晏家是推辭的，後來村裡人直接扔在晏家門口，晏家也不知道誰送的，只能收下來。

「收下吧，村裡人也是好心。」晏瀚海看了一眼晏修遠手中的柴說道。

明慕青在一旁搭話。「我看著這村裡人都滿好的，懂得知恩圖報，一點也不像村長媳婦，上次來我們家借錢，帶了一小碗泡菜給我們家，最後還把泡菜拿回去了，真是一點虧也吃不得。」

村長媳婦知道村中每戶人家跟著晏家去打獵，分得了三十幾兩銀子後，悔得要死沒讓兒子跟著晏家去打獵。

以前他們算是村中數一數二的人家，現在村中最窮的就是他們，兩個兒媳知道後也埋怨她，丈夫從上次的事情後就不搭理她，她真是裡外不是人。

程稚清陷在自己的思緒中無法自拔，完全不知道晏家在說什麼。

此時還未到臘月，接著天還會越來越冷，京城沒有幽州冷，在京城可以燒銀絲炭，但是在幽州買不到，普通的炭燒起來有煙，不僅嗆人，還需要時不時起來看，很麻煩。

突然程稚清想起東北家家戶戶都有一樣東西，她興奮地跳起來。「對啊，還有炕。」

晏家眾人已經習慣她咋咋呼呼的樣子，沒有被她突然的驚呼聲給嚇到，只是疑惑地問：「小清啊，妳說的炕是什麼？」

程稚清看著眾人的目光都聚焦在自己身上，才意識到剛才自己的反應太大了，她不好意思地笑了笑，解釋道：「這天越來越冷了，晏爺爺和晏奶奶年紀大了，鍾姨也有了身孕，身體比普通人稍微弱一點。我在想，晚上睡覺怎麼樣才不會冷，多蓋幾床被子總感覺喘不過氣，我就突然想到以前在書上看到『火炕』，就跟床似的，但是下面燒火，上面就熱起來，這樣睡覺就不冷了。」

程稚清現在無比感謝當初不務正業看短影片的自己，她知道製作火炕的流程，可以試一試。

晏修同憨笑著搶答。「我知道，我知道，這不就有點像廚房的那個灶臺嗎？一燒火就熱。」

晏瀚海一聽來了興致。「我走南闖北這麼多年，還沒有聽過這種東西，真是有點意思。」

白舒雲一個巴掌拍到晏瀚海背上，嫌棄道：「你個大老粗懂什麼，大字都不識一個，人家小清都說了，是從書上看的，你去過的地方能有書上多嗎？」接著她轉過頭溫柔地對程稚清說：「小清啊，妳想做什麼就使喚修同和承淵，這兩小子是有點不太機靈，妳就湊合著用。要是承平在就好了，他聰明，一點就通。」

晏承平不知怎麼回事，自從那日下山後就很忙，時常不見人影，就連程稚清帶來的那匹馬也被他騎走了。

白舒雲想了想覺得不放心，又叮囑一句。「慢慢來啊，這事不著急，妳可千萬別累著自己。」

晏瀚海被拍了一下也沒生氣，反而在一旁使勁點頭。

晏修景一拍手激動道：「思潔這兩天睡覺都手腳冰冷，她不好意思跟小清說，要是這個火炕能做出來，以後冬天多冷都不怕了。」

眾人用擔憂的眼神看著鍾思潔，她臉都羞紅了，手悄悄掐上晏修景的腰，不讓他亂說話。「爹娘，沒什麼事，我被子多蓋一床就好多了，別聽他亂講。」

晏修景被掐得齜牙咧嘴還不敢反駁，只好苦笑著。

其餘人都笑呵呵看著他們。

程稚清得到晏家眾人的支持，立即說幹就幹。

現在天冷，土都結凍了，她叫了晏修同和晏承淵，三人光是挖黃土就費了好大的勁，等他們準備好材料已經是兩天後了。

晏家人沒讓程稚清親自動手，所以程稚清就在一旁動嘴。

所有的工程都是晏修同和晏承淵執行，他們兩人不僅每天像泥猴子，還把自己的房間捐出來當試驗品，現在就住在廳堂中打地鋪。

三人從早忙到晚，終於把火炕做好了，不過火炕還得晾乾，晏修同和晏承淵在廳堂又多睡了一晚上。

第二天一早，程稚清睡醒第一件事就是去燒火炕，晏家眾人齊聚在晏修同他們的房間中。

當火炕漸漸熱起來，程稚清不安的心終於放下來，這些天的努力沒有白費。

晏承安小心翼翼地用他的小手摸了摸炕，語氣帶著驚奇。「哇，是熱的，是熱的！」

眾人一聽，紛紛伸手摸了又摸。

第一個試驗品成功了，接下來就是替其他人的房間都裝上炕，晏修同和晏承淵還得繼續在廳堂打地鋪，他們的房間暫時讓給晏瀚海和白舒雲。

四間房的火炕需要的黃土量很大，他們前幾天就在埋頭苦幹挖黃土。

村裡人送東西時看到他們在挖黃土，便召集了一批人幫忙他們。

沒兩天，黃土就挖好了，晏修同和晏承淵每天沈浸在造火炕的樂趣中。

白天他們造火炕，晚上拉著程稚清討論應該怎麼改造能夠做得更好。

晏承平踏著月色歸來，他在黑暗中快速往家裡方向行去，一想到馬上就要見到程稚清又加快了步伐。

他看到家裡還亮著燈，心中有些雀躍，他敲了敲門，是晏修同出來開門。

「承平？你回來了。」晏修同看到站在門口的晏承平，趕忙讓出位置讓他進來。「爹娘他們已經睡了，你吃過了嗎？我去廚房給你弄點吃的，你先進屋吧。」

晏修同往廚房走去，突然想起什麼，又走回來叮囑晏承平。「我們的屋子暫時讓給爹娘了，現在我和承淵在廳堂打地鋪，你別走錯了。」

他見晏承平點了點頭，才放心去廚房。

晏承平看著廳堂還有燈光亮著，伸手推開門，只見程稚清和晏承淵不知道在說些什麼，兩人湊得很近，腦袋似乎都要靠在一起了。

程稚清臉上帶著笑意說話，晏承淵手中拿著紙筆時不時點頭，在紙上記錄著。

暖色的燭光照在他們身上彷彿一對璧人，晏承平看著眼前的這一幕覺得有些刺眼。

冷冽的寒風從門口吹進屋中，兩人被凍得一哆嗦，抬頭看向門口。

晏承平看著兩人十分默契的動作，心裡更加難受。

「哥，你回來了？」晏承淵看著晏承平驚喜地說。

程稚清見晏承平身上帶著寒氣，臉上也寫滿疲憊，她什麼也沒有說，只是向他點了點頭。

晏承平見程稚清同弟弟笑臉盈盈地說著話，對他卻是一個敷衍的點頭。他走進屋中，眼神中帶著冷意，一句話也沒有說，拉著程稚清的手腕，將她拉到門外。

程稚清感到有些莫名其妙，想著晏承平應該是有什麼話想跟她說，也就乖乖跟著他去門外。

晏修同端著麵回來時，見房間裡只有晏承淵一人。「咦？承平人呢？」

「啊，不知道，突然拽著稚清姊出去了。」晏承淵也不知道怎麼回事，他還在看著自己做的紀錄，一點也不關心他們到底怎麼了。

晏修同將手中的碗放在桌上，坐下來，絞盡腦汁想著有什麼不對勁的地方，突然靈光一閃。

「會不會是承平看到你和稚清獨處一屋，吃醋了吧？他可能覺得稚清喜歡你。」晏修同越說越覺得是這樣，還肯定地點了點頭。

晏承淵嚇到手中的筆掉在桌上，他瞪大眼睛，不可置信道：「不……不可能吧，她可是程姊啊！能把我從懸崖下面拉起來的程姊啊！」

晏承淵看著晏修同肯定的模樣，抱緊了可憐的自己，他已經想到大哥胖揍自己的模樣。

且說晏承平帶著程稚清剛到門口，他就冷冷地說：「妳與承淵孤男寡女在一間屋子裡是什麼意思？妳喜歡承淵？」

面對這麼突如其來的質問，程稚清愣住了。

他們只是在屋中討論火炕，怎麼就牽扯到喜不喜歡？

程稚清的不語在晏承平看來就像默認了。

晏承平攥著程稚清的手緊了緊，一雙眼睛緊盯著她，啞著嗓音問道：「妳真的喜歡他？」

程稚清察覺到手腕上的痛意，這才反應過來，甩開他的手，揉了揉被他捏疼的地方。

晏承平看著程稚清甩開自己的手，眼中帶著受傷。

她就這麼不想自己觸碰她嗎？

「什麼喜不喜歡，我們在商量怎麼做火炕，再說，什麼孤男寡女？你沒回來之前我們三個人一起討論的。」程稚清睨了一眼晏承平，言外之意就是晏修同去幫他開門了，不然也不會只有她和晏承淵兩人在廳堂。

晏承平沒有理會程稚清解釋的話語，只是固執地盯著她又問了一次。「妳是不是喜歡晏承淵？」

程稚清抬頭，疑惑地看了一眼晏承平，語氣平淡又似乎帶著點嫌棄。「不喜歡啊，誰會喜歡他啊，他那麼弱，採個人參還會掉下懸崖。」

晏承平看著程稚清臉上滿滿的嫌棄，彷彿在說沒用的男人。

他暗淡無光的眼裡突然亮了起來，一把抱住程稚清，頭埋在她的頸窩中蹭了蹭，溫熱的呼吸吹在她的皮膚上，聲音沙啞卻意外清晰。「妳不要喜歡他，喜歡我好不好？我比他有用，妳喜歡我。」

程稚清聽到他說的話，腦子轟一下沒有了思考的能力，她憑藉著自己的能力一把推開晏承平。

晏承平沒有想到她居然會推開自己，踉蹌了兩步。

晏承平被推開後還有些發懵，愣愣地看著她。

藉著月光，她看到晏承平的眼神中帶著疑惑也帶著溫柔與認真。

程稚清的臉一下爆紅，她不明白晏承平怎麼突然就喜歡上自己了，他們根本沒有過多的接觸，怎麼會……

她又看了一眼晏承平，轉身後，慌不擇路地跑進屋，動作帶著些許狼狽。

晏承平目送著程稚清離開後，自己站在原地笑了笑。

她沒有拒絕就代表不討厭他。

晏承平推開廳堂的門，就聽到晏修同喊他吃麵，還探了探頭看他身後是否跟著程稚清。

「承平啊，你回來了，快來，麵還熱著呢。稚清呢？」

晏承平坐下拿起碗筷，頓了頓，凌厲的目光看了一眼晏承淵，面無表情說道：「她說睏了，回房睡了。」

晏承淵躲在房間的角落，察覺到晏承平不友好的目光，慢慢蹭到他身邊，嬉笑道：「哥，我可不喜歡稚清姊啊，當然了，稚清姊也肯定不會喜歡我，我們只是在聊火炕怎麼做得更好。」

晏承平瞥了他一眼。「就你，也配？」

突然他注意到他們說的火炕，剛才程稚清也說過。

「你們說的火炕是什麼東西？」

雖然被晏承平貶低了，但晏承淵一點也不生氣，反而鬆了一口氣，開始和晏承平解釋火炕。

程稚清躺在床上，翻來覆去睡不著，一閉眼就是晏承平那認真溫柔的眼神，那句「妳喜歡我好不好」也像循環播放一樣在腦海中迴盪。

她感覺自己頸窩發燙，似乎還保留晏承平身上的溫度。

不對啊，怎麼這麼燙？

程稚清慢慢回想剛才發生的一幕幕，晏承平眼神中帶著些許迷離，一身的寒意、滿身的疲憊，一看就是勞累了許久。

這人該不會自己發燒了不知道吧？

算了，算了，關她什麼事。

程稚清輾轉反側，倏地一下坐起身子。

真是欠他的！

她一下子消失在房中，進入空間迅速配好藥，再前往廳堂，見裡面還有燈光，她直接伸手推開門，把藥包砸在晏承平身上。

「真是的……自己發燒了也不知道。」程稚清說完就轉身走了。

晏修同和晏承淵被突然的開門聲給嚇到了，一見是程稚清才鬆了口氣，又聽見她說到發燒，二人緊張地圍在晏承平身邊，摸了摸他的額頭。

晏承淵怕用手摸不準，本想湊上前用額頭量測，卻被晏承平嫌棄地推開。

晏修同看著晏承平一臉笑意地盯著手中的藥，只覺得雞皮疙瘩都要掉下來，他一把搶過晏承平手中的藥，進廚房幫他熬藥。

晏承淵見晏承平一臉溫柔地看著空無一物的手，他縮了縮腦袋，害怕地躲回角落，抱緊了弱小的自己。

第十三章

程稚清很晚才起床，她將門打開一條小縫，偷偷觀察許久，確認晏承平不在才放心走出去。

「小清啊，今天怎麼起晚了？是不是身體哪裡不舒服？」白舒雲從來沒見過程稚清起得這麼晚，擔憂地看著她。

「晏奶奶，我只是昨晚睡不著才起晚的。我沒事，您別擔心。」程稚清笑著解釋。

白舒雲一聽，放鬆了緊皺的眉頭。「那就好，早飯在廚房熱著呢，快去吃。」

程稚清還真有點餓了，一路小跑進廚房，卻看見晏承平也在那邊，不由得腳步頓了頓。

見晏承平沒有發現自己，程稚清剛想往後跑，就聽見他說：「躲什麼躲，我還能把妳吃了不成？進來。」

晏承平忙了幾天，日夜兼程趕路回家，過於疲憊導致發燒，見到程稚清和晏承淵親密的樣子失去了理智，但他說的都是真心話。

程稚清一想，自己又沒做錯什麼，為什麼要躲？應該躲的人是他晏承平吧。

見她磨磨蹭蹭地走進來，晏承平從鍋裡拿出還熱著的早飯端給她。「昨晚我說的話都是認真的。」

程稚清沒端好碗，落在桌上。

晏承平見程稚清一副被嚇到的模樣，無奈道：「我沒有逼妳的意思，昨晚的話妳好好考慮。」

程稚清暈乎乎的，不知怎麼回事就點了頭。

晏承平看她這樣，輕笑了一聲。

「今早承淵和小叔帶我看了妳做的火炕，很好用，不知道能不能把火炕的製作方法教給軍營？」

晏承平早上起來就被晏修同他們拉著去看火炕，他摸到火炕上的溫度時，眼睛都亮了。

如果能夠運用在軍營，可以使許多士兵免受寒冷。

程稚清聽到「軍營」兩個字，詫異地抬起頭，她大概知道晏承平前幾日去做什麼了。

晏承平朝她點了點頭，默認了她心中的想法。

程稚清咕噥著。「隨便，反正不是我做的，只要晏奶奶他們和我自己過得好就行了。」

晏承平看著她一副無所謂的樣子，嘆了一口氣，她好像根本不知道這個火炕價值幾何。

「軍營裡的戰士們連一件厚的棉衣都沒有，手上、腳上都生了瘡，晚上又冷又癢，如果有了這個火炕就能夠好受一點。妳的火炕意義匪淺，如果將它賣出去能值很多錢。」晏承平向她詳細解釋火炕的價值。

程稚清還是那副事不關己的態度。「我已經有很多銀子了，又不缺錢。你想給就給吧，你去問晏修同或者晏承淵，他們都知道怎麼做。」

晏承平被她這態度打敗了，他看著程稚清點了點頭。「教給軍營不會讓妳吃虧的，我會拿好處回來給妳。」

程稚清一時沒忍住，抬頭看著他。「皇帝這麼對你們，誣衊你們，還將你們流放，綺南差點都死了，你一點都不恨他嗎？還要幫他的兵？」

晏承平似笑非笑地看著程稚清。「妳怎麼知道他是誣衊我們，萬一罪名都是真的呢？」

程稚清像一隻炸毛的小貓，瞪著滴溜溜的眼睛。「怎麼可能，小安都告訴我了，你們鎮國公府的錢都拿給那些戰死疆場的戰士親人了，你們自己都要靠著明姨和鍾姨的嫁妝過日子。」她翻了一個白眼。「要是真的貪污軍餉，你們應該過得比誰都奢華，還用得著吃軟飯嗎？」

晏承平沒想到晏家男人在她心中的形象是這樣，不過仔細一想，他們確實靠著吃程稚清的軟飯才平安走到幽州。

他正了正臉色，認真告訴程稚清。「我們晏家忠的是民，不是君。如果他日月國進攻，首先衝在前面的就是我們這些流犯和幽州的百姓，所以今日我為軍隊做的一切，亦是為了我們自己。」

他接著說：「皇帝根本沒想過讓我們平安活在幽州，加上我那個所謂的大伯，如果他們知道我們還活著，一定會不擇手段派人弄死我們，所以我現在要防範未然，提升力量才能夠保護你們。」

程稚清安靜了片刻。「晏爺爺和晏叔叔知道嗎？」

「他們知道，幽州的主將胡大刀就是爺爺不打不相識的好友。月國不斷來犯，他也沒辦法，但多次上報朝廷，朝廷都默不作聲，他的家人還在京城，所以只能睜一隻眼、閉一隻眼。」

晏承平見程稚清沒有說話似乎在思考什麼，也沒有打擾她，轉身去找晏瀚海。

程稚清見晏承平終於走了，頓時鬆了一口氣，開始大快朵頤。

晏承平在，她都沒辦法吃，他的氣場實在太強了。

程稚清迅速吃完早飯後，偷偷瞧了一眼外面，發現晏承平還在和晏瀚海說話，她趕緊溜回房間，她現在不想跟晏承平說話。

白舒雲發現她跑得像隻兔子時開口道：「小清啊，慢一點，別摔倒嘍。」

程稚清解釋道：「晏奶奶我還是有點睏，再回去睡一會兒，中午不用叫我吃飯啦！」

晏承安蹲在白舒雲身邊，奶聲奶氣開口道：「奶奶，姊姊不乖，不吃飯。」

白舒雲好笑地看著晏承安一副小大人模樣。「對，我們承安最乖，每頓都吃。」

晏承安一聽這話，驕傲地挺了挺自己的小肚子。

白舒雲看著程稚清這副模樣搖了搖頭，她活到這把年紀，還是不了解他們這些年輕人在想什麼，不知道晏承平跟程稚清說了什麼，竟然把她嚇得連飯都不吃了。

那天晏承平和晏瀚海談完後，晏承平就帶著晏承淵出去了，到現在都沒有回來。

這對程稚清來說反倒是件好事，因為她不用躲著晏承平了。

今天吃餃子，程稚清在廚房中幫忙剁餡，突然聽到大門「砰」一聲被人撞開。

晏家眾人還沒有反應過來，那人已經坐在院子中開始哭。

眾人努力想看清楚這個身穿白衣、披頭散髮的瘋婆子是誰時，她哭喊大罵著晏家害死她兒子。

眾人從她的聲音中聽出這人是多日不見的村長媳婦。

白舒雲看著坐在地上的人，皺了皺眉頭，吩咐坐在一旁做針線活的鍾思潔。「老二媳婦，把綺南和小安帶回房中去。」

村長媳婦現在只是坐在地上哭，萬一她瘋起來傷到誰就不好了。

鍾思潔應了一聲，收起針線活，晏綺南也乖巧地扶著她娘，招呼晏承安。

晏承安看著坐在地上的人感到有些害怕，不明白她為什麼要來家中，乖乖地牽著晏綺南的手跟著嬸嬸回房了。

晏瀚海站起身，目光犀利地盯著坐在地上大鬧的人。「我們怎麼害死妳兒子了？」

村長媳婦一聽更來勁了，她眼神中帶著恨意。「如果你借錢給我們，我兒子就不用死了，你們這麼有錢，借一點給我們會怎樣！」緊接著她又嗚嗚哭著。「我兒子被埋在石頭下面，送回家的時候就只有一口氣了，我們給他請大夫，根本沒用……全都是你們！你們是害死我兒子的凶手！」

晏瀚海翻了一個白眼，他不想跟這樣的女人多說一句。「老大，你去把村長找來，說他媳婦在我們家鬧事。」

明慕青實在忍不住了。「妳有本事去找官府哭啊，又不是我們晏家讓你們去挖礦，現在妳兒子死了反倒賴給我們？怎麼？覺得我們晏家是軟柿子好捏？」

「不怪你們怪誰？你們晏家本來要去三個大男人，你們花了六百兩啊，你們二百兩都不願意借給我。都是你們的錯，就是你們的錯……」她有些魔怔了，一直反覆唸著這句話。

明慕青嗤笑一聲。「笑話，我們花錢不給自己人，難道給妳？再說了，妳那是借銀子嗎？妳巴不得我們送給妳，還得好聲好氣求妳收下才對吧？」

村長媳婦一下子站了起來，整個人撲向明慕青，頭一直搖，嘴裡不停喊著。「都是你們的錯，都是你們的錯……」

程稚清一出來就見到這場面，她衝過去擋在明慕青面前，一腳踹向村長媳婦。

村長媳婦被踹出幾公尺遠倒在地上，她好不容易坐起身子，就看見程稚清用刀尖對著她，她眼中帶著恐懼，身體發抖不斷後退。「妳、妳要做什麼？」

程稚清冷笑一聲。「做什麼？看妳沒了兒子這麼傷心，把妳送下去陪妳兒子，順便讓妳問問這是誰的錯，為什麼妳不讓妳另一個兒子去，不就是妳偏心嗎？我看就是妳害死妳兒子的。」

明慕青詫異地看著程稚清，以前的小清是乖巧又膽小，與她說句話都會臉紅半天，現在怎麼如此勇敢？

看著擋在身前的程稚清，明慕青心想：定然是程明知這個王八蛋，縱容繼母虐待小清，才將小清養成一副膽小的樣子，現在小清與他斷絕關係，沒有人欺負她了，就慢慢展現自己的本性。

程稚清完全不知道身後的明慕青在短時間裡腦子閃過許多念頭，對她的心疼又加重了幾分。

村長媳婦聽到這話發瘋似的大喊道：「才不是我偏心！他身為老大就是要幫襯著弟弟！對……就是這樣。」

白舒雲看著村長媳婦瘋瘋癲癲的模樣，又看了看她身上穿著白衣。「小清算了，她也不容易。不用管她，等村長來吧。」

程稚清收回刀，扶著明慕青去遠一點的地方。

晏修遠來到村長家，發現門外已經掛起白布，村子裡的人都聚在這裡，裡面哭聲一片。

晏修遠沒有大聲喧譁，只是看了看四周，終於在一個角落中看到村長。

村長穿著一身白衣，目光怔怔地看著哭聲傳來的方向，臉上寫滿了哀傷。

晏修遠走了過去，輕聲喊了一句。「村長，節哀。」

村長抬頭，看見晏修遠有些驚訝，不知道他為什麼會來，晏家住在雲山下，離村子較遠。

「嬸子去我們家裡了，麻煩您過去一趟吧。」晏修遠輕聲解釋道。

村長聽到他的話，轉頭張望了四周，果然沒看到自家老婆子。

村長大兒媳不知道從哪裡竄出來，眼神中帶著憤怒，咬牙切齒道：「我就說那個老東西去哪裡了，原來去你家了。」

她轉身跑向晏家，村長一看急忙站起身子，因為過於著急，身形晃了晃，還要晏修遠伸手攙扶了才站穩。

「走走走。」村長怕她們鬧出什麼事，也跟著追了上去。

在村長家中的人，看村長和他大兒媳不知道怎麼回事都跑了，他們也追在村長後面怕發生什麼意外。

眾人追著村長來到晏家，聽到村長大兒媳罵著村長媳婦。

「妳還有臉鬧，都怪妳，為什麼不讓二弟去，偏偏讓老大去？什麼二弟吃不了苦，我家老大活該幫襯他一輩子嗎？什麼吃的、用的哪一樣不是先給二弟，我家老大配不上這些東西嗎？這就算了，你們要是公平些我家老大今日去了，我也不多說什麼，可偏偏妳以死相逼，逼著我家老大自願去挖礦……自願？多可笑。」

村長大兒媳絕望笑著。「我家老大回來還有得救，我向二弟妹借錢，她不肯，說什麼反正也救不回來了，省點銀子。妳呢？妳又出多少？妳也緊緊捏著手裡的錢，一分都不肯出。如果當初不是妳不讓老大跟著晏家去打獵，我們家會沒有錢給老大治傷嗎？」說著，她哭了出來。「我只能去借銀子，等我借到錢，老大已經不行了。」

她抹了一把眼淚。「妳別以為我不知道妳今天到晏家來做什麼，不就是想從晏家騙一點銀子嗎？妳覺得村裡人手中都有錢了，就我們家最差，覺得都是晏家害的，藉著老大死了這個藉口，想訛晏家弄一筆銀子出來。妳還有沒有良心？」

村長媳婦坐在地上，她看著一步步逼近的大兒媳，不斷後退，瘋狂搖著頭。「我沒有、我沒有……」

村裡眾人聽著村長大兒媳的話，議論紛紛，他們才知道原來事情是這樣的。

村長聽著村人的閒言碎語，終於站出來了。「老大媳婦，她是妳娘，老大也還在家中。」

村長想用孝道來壓制她，村長大兒媳看了一眼坐在地上的人，又看了一眼村長。「你們心裡那個偏疼的二兒子呢？人在哪裡？這麼大的事，他娘豁出臉皮給他賺銀子，他人又在哪裡？」

村長大兒媳扔下這句話後轉身就走了。

村長媳婦茫然在人群中找了一圈，果然沒有見到自己兒子。

村長緩緩上前扶起妻子，他莫名地看了一眼晏瀚海，什麼也沒說就走了。

村人看著村長走了，跟晏家說了幾句話，讓他們不要放在心上後，也紛紛告辭。

晏修同看著走遠的眾人，摸不著頭腦。「村長看我們一眼幹麼，又不是我們害死他兒子。」

晏修景是個文官，他心裡清楚那些彎彎繞繞，便嗤笑一聲。「原本還沒看出村長也是這種人，他也覺得他兒子的死和我們晏家有關係罷了。」

晏修同一聽怒了。「什麼？我們幫他們的還不夠嗎？三十兩若不是大哥和承平帶著，他們去哪裡掙？」

晏瀚海和白舒雲看著他這副蠢樣都搖了搖頭，這個兒子實在是傻。

「村長是覺得，我們當初打獵沒有喊上他們家，如果我們喊了，他們家也賺了三十兩，他兒子今天就不會死了，家裡也不會鬧成這樣。」晏修景解釋道。

「我們又不認得他兒子，誰知道他兒子沒去啊？剛才他大兒媳都說了，他媳婦不讓去的，這也能賴給我們？」晏修同翻了一個白眼。

晏瀚海走到晏修同身邊，拍了拍他的肩膀。「人性就是如此，你還有得學呢！知道為什麼承平不帶你出去，而是帶承淵出去了吧，今日承淵在就能看懂，如果帶你出去，被人賣了說不定還要幫人家數錢。」

晏修同不服氣。

看著家人心情都受到影響，白舒雲發話了。「該做什麼就做什麼，大不了以後我們少跟他們接觸就是，反正我們也離他們那麼遠。村裡人還是不錯的，以後村裡事能幫就幫一把，不能幫就算了，我們如今也是平民百姓，官都不管的事，我們湊上去做什麼？管好自己就行了。」

程稚清一直沒有把村人當一回事，她心裡最大的想法就是讓晏家人好好活著，等到晏承平登上皇位，她就可以去放飛自我了。

所以程稚清簡單收拾一下心情，接著去剁餡了。

天大地大，吃飯最大。

晏瀚海看著程稚清的樣子，笑了笑，數落他們。「一家子年紀大的人，還比不過小清想得開。」

除夕，天上又飄起雪花，地上的雪已經有一尺深。

白舒雲走出房門。「喲，這雪下得這麼大，小清這火炕做得好，整晚都睡得暖呼呼的，一點兒也不冷。」

晏修同走出來不贊同地說：「娘，這暖炕可是也有我和承淵的一份力，您怎麼光誇稚清，不誇我們？偏心可要不得啊！」

晏瀚海從晏修同後頭走過來，順手一拍他的後腦勺。「沒有小清，你能做嗎？你們叔姪倆，除了一把力氣還有什麼？就這樣還好意思要你娘誇誇你，你可真是不害臊。」

「晏小叔幫了很多忙，我才沒有做什麼，就光說話，這麼誇我怪不好意思的。」程稚清幫著晏修同說話。

晏修同聽到程稚清這麼說瞬間有了底氣。「你們看看，還是小清有眼光。」

白舒雲看著晏修同這副樣子笑出了聲。「行行行，你最厲害了，不知這位晏小哥可否去燒燒火？」

晏修同在原地擺出一個帥氣的姿勢，端莊地點了點頭。「那自然沒問題。」

「今天都除夕了，也不知道承平什麼時候帶著承淵回來，能不能趕上今天的團圓飯？」明慕青一邊在廚房揉著麵團，一邊念叨著兄弟倆。

今天程稚清作主廚，白舒雲打下手，幫著她把需要的菜都切好，等著程稚清回來就可以直接做了。

「不回來也沒事，我們大家都在這裡，以後回來了，哪頓不是團圓飯？」

晏修同幫著燒火，弄得灰頭土臉。

晏修遠和晏修景拿著掃把清掃院子中的積雪，晏瀚海帶著穿得跟小熊似的晏承安在堆雪人。

以往在鎮國公府，晏承安身體不好，冬日都是待在屋中不能隨意外出，以免感染風寒，這次是他第一次堆雪人，玩得不亦樂乎。

鍾思潔和晏綺南在房中做針線活，現在家中人的衣物都是她們在做。

程稚清看著今天是除夕，覺得應該要有一條魚。

她出去問了很多人家，最終才從村口的一戶人家用二十文錢買了兩條魚，這個朝代只有窮人才會去吃魚，富貴人家覺得魚有腥味不好吃。

程稚清開心地拎著魚返家，突然她看見不遠處有一個女人帶著兩個女孩在尋找些什麼。她們穿著單薄，身上落滿雪花。

她走上前一看，詫異地發現這人是村長家的大兒媳。

程稚清走到她們身邊，語氣遲疑。「那個，妳們在做什麼？什麼東西丟了嗎？」

就憑那日村長大兒媳衝到晏家怒罵婆婆，沒有不分青紅皂白隨意指責晏家，程稚清對她就有些好感。

村長大兒媳一抬頭看見程稚清在她身前，猛地向後退一步，緊抓著兩個孩子的手，臉上帶著警惕。「妳是？」

「我是晏家的。」程稚清見她有些害怕，臉上帶著善意的笑。

村長大兒媳聽程稚清這麼說，瞬間放鬆緊繃的身體，她嘴裡喃喃念叨著。「晏家的，晏家的……」

她對著程稚清苦澀一笑。「那日我罵完婆婆，他們就不給我和兩個孩子吃飯了，我們這些天只能在外面隨便找點東西吃。」

她手裡牽著的小女孩，看自己娘親好像要哭了，聲音弱弱地說：「娘，我們不餓，妳別哭。」

村長大兒媳看了一眼兩個孩子，朝她們笑了笑。「娘沒事、娘沒事。」

程稚清看著她們母女三人沈默了片刻。「他們都不給妳們三人吃的了，妳難道就沒想過分家出去嗎？」

「分家出去住哪裡？我娘家窮，不然不會讓我嫁到村長家。現在家裡還有地方住，不至於凍死。」她低頭看著兩個孩子面無表情道。

程稚清沈默片刻，將手中的一條魚給了她們，又拿出五兩銀子。「這些妳們拿著，妳就算不為自己考慮，也要為了兩個孩子考慮。」

村長大兒媳看著程稚清給她的魚和銀子慌忙地推辭。「不行，不行，這我們不能收。」

程稚清沒有收回手，平靜地說：「他們現在連飯都不給妳吃，妳出門找還需要帶著兩個孩子，不就是怕發生意外？萬一哪天他們覺得妳礙眼，把妳們掃地出門，妳們又該怎麼辦？村長媳婦趁妳不在家時，把妳孩子賣了，妳又能說什麼？妳能時時刻刻帶著她們嗎？」

村長大兒媳想到這種情況，臉色嚇得蒼白。

「收下吧，也算為了孩子。」

村長大兒媳看著程稚清手裡的東西，眼神中的慌亂慢慢轉為堅定，她顫抖地伸出手從程稚清手裡拿過銀子和魚。

「謝謝妳，真的謝謝妳，晏家都是好人，我一定會報答妳的。」她說了這麼一句話。

程稚清笑了笑。「不用妳報答，魚就不要帶回去了，在外面烤了吃吧，銀子記得藏好了。我先走了。」

這種家務事，她確實無能為力也說不上話，能幫的只有這些了。

村長大兒媳緊緊攥著手裡的魚和銀子，感激地看著程稚清逐漸遠去的背影。

程稚清回到家中，一個人悶著頭處理魚，大家都看出她有些悶悶不樂。

白舒雲湊到她身邊問道：「小清啊，怎麼了？出門遇上啥事了？」

程稚清有些委屈地看了一眼白舒雲，將剛才發生的事告訴她。「剛才我遇見村長大兒媳了，她帶著兩個小女孩在雪地裡刨吃的。她說村長家不給她東西吃，只能出來找。」

白舒雲想起上次的事情也不難理解，村長媳婦都能對無親無故的晏家敲詐，更何況是讓她在村中丟那麼大臉的大兒媳。

程稚清接著說：「我把買來的魚分了一條給她們，還給了她五兩銀子，是不是有點少？但是我怕多給了，會給她惹來禍事。」

白舒雲看著有些難過的程稚清，摸了摸她的頭髮。

「我們小清是心善之人想得也全面。如果她能夠自己立起來，也不枉費妳對她的幫助，如果她自己立不起來，再幫也沒用。如果下次她求到妳跟前述說自己過得有多苦，妳還會再給她錢嗎？」白舒雲問道。

程稚清想也沒想，道：「不會，我幫助過她一次了，這五兩在我看來雖然不多，但是在村中人眼裡應該算是多的了。她如果能夠脫離村長家，不管是回娘家還是在村中另買房子，都能養活女兒。靠我一次次給銀子，遲早會把她胃口養大。」

程稚清還是明白這些道理，她就是看到村長大兒媳帶著兩個小姑娘在外面，一時心軟罷了。

白舒雲欣慰道：「妳看得都比妳晏爺爺透澈，他就是只知道給銀子，最後還落得這番下場。」

晏瀚海聽到白舒雲這麼說他，他也裝作沒聽見，畢竟他就是這樣，最後嚐到苦頭才明白過來。

程稚清抿嘴一笑。「哪裡，我還小，自然不如晏爺爺看得清楚。」

白舒雲輕輕拍了一下程稚清的腦袋。「妳可別給妳晏爺爺臉上貼金了，妳看他笑得跟朵花一樣了。」

程稚清抬頭一看，果然如此，這麼一鬧，她剛才的難過情緒都沒了。

現在時間也不早了，程稚清手腳俐落地做了一桌子菜，眾人圍在桌邊，聞著香氣吞嚥口水。

晏修同看著滿桌的菜。「幸好沒去，承平和承淵就是沒福氣，滿桌這麼香的菜，他們居然沒辦法回來吃。」

晏修遠也點點頭，十分贊同。

程稚清坐下後，晏瀚海端起酒杯敬了她一杯。「這一年感謝小清，如果不是小清，我們大概沒法活著到幽州，小清是我們晏家的大功臣。」

眾人紛紛拿起酒杯敬程稚清。

程稚清看著場面這麼大，趕緊拿起酒杯回敬。「快吃吧，哪裡有那麼大的功勞，太抬舉我了。」

「好好好，小清害羞了，都不許說了。」白舒雲幫著解圍。

晏瀚海看著她一副不好意思的樣子也笑了，誰不是有功勞生怕被別人占了去，就程稚清連忙推脫。

「吃吧，吃吧！難得這麼好的日子，還有這麼好的菜，也算我們順利在幽州安家的第一個年了。」

眾人聽晏瀚海發話後，都迫不及待伸出筷子。

忽地，門外傳來敲門聲。

「應該是承平他們趕回來了，修同去開門。」晏瀚海一邊挾菜，一邊吩咐晏修同。

晏修同戀戀不捨地看了一眼桌上的菜。「你們可留點給我啊。」

晏修同說完就跑出去開門，果然是晏承平和晏承淵站在門外，他只看了一眼，轉身就跑，生怕菜都被親爹和親兄長吃完了。

晏承淵包裹得嚴嚴實實，不明所以地看著離去的晏修同，跟著追了上去。他追到屋內，發現大家熱火朝天地吃著菜，完全沒有等他們的意思。

虧他們還不分晝夜趕路回來……

還是白舒雲看了他一眼。「坐下吃吧。」

晏承淵身邊閃過一個人影，定睛一看，原來是晏承平坐下了，就他一個人傻乎乎站著，眼睜睜看著晏承平也加入搶菜大戰。

他沈默片刻，解下身上多餘的衣物，也趕忙去拿碗筷坐下，他怕再遲疑，菜湯都沒得喝。

「欸，你們給我留點啊！」晏承淵看著桌上逐漸減少的菜大喊著，手上的動作越發快速。

大家都在忙著吃，沒有一個人理他。

眾人吃飽喝足後，晏瀚海攤在椅子上拍了拍肚子，舒服地嘆了一口氣。「還是這樣的日子舒心，以前在京城吃個飯還有人布菜，那兩三口頂什麼，吃飯都不能好好吃。」

白舒雲看了他一眼打趣道：「你可真是不會享福，大戶人家都是這樣的，就你是泥腿子才享受不來。」

晏修同靠在晏承淵身上，一副不正經的樣子。「要我說啊，京城的菜還沒稚清做得好吃，那條魚真是又鮮又細嫩，我還沒吃過這麼好吃的魚。」他砸吧砸吧嘴似乎還在回味。

晏修遠也來了精神。「那水煮肉才好吃呢，麻辣鮮香，冬日裡吃一道這樣的菜，實在是太舒坦了。」他眯著眼靠在椅子上。

明慕青一巴掌呼在他的臉上。「還想什麼呢，趕緊給我去收拾。」

晏修遠拉著晏修景委屈地站了起來，去收拾桌上的殘羹剩飯。

程稚清原想幫忙收拾桌上的殘局，白舒雲將她攔下來，說她做飯已經很辛苦了，這點小事交給他們做就行了。

她站在原地不知道做什麼，但是看著晏承平又感覺怪尷尬的，看眾人都在聊天沒有注意自己，準備偷偷溜出去。

走出廳堂後，程稚清頓時鬆了一口氣，她看著掛在天上的月亮散發著清冷的光。

穿越來也有幾個月的時間了，不知道還有沒有人記得她？

程稚清是個孤兒，辛辛苦苦考上中醫，好不容易到最後一年，眼見就要熬出頭了，卻意外來到這裡。

以往過年都是回孤兒院和院長奶奶、小朋友一起過，今年不知道他們還記不記得她？

「想什麼呢？這麼出神。」晏承平的聲音突然在耳邊響起。

程稚清嚇得往後跳了一步，待看清楚是晏承平，便一臉警惕地看著他。

「你要做什麼？」

晏承平看著她這副防賊的樣子笑了笑，從懷裡拿出銀票遞給她。「這是胡將軍給的銀子，總共三千兩，不多，收下吧。」

程稚清一臉複雜地看著他。「你不用給我銀子的。」

晏承平將銀子塞到她手上。「我知道妳不缺錢，但這是報酬，不一樣。」

程稚清看著晏承平硬要把銀子給自己的架勢，也就大方收下。她轉身回到廳堂，高舉著銀票。「晏小叔，晏承淵，我們分錢啦！火炕賺銀子了。」

晏承淵和晏修同聽到分銀子馬上到她身邊。

晏承淵看到程稚清手裡的錢。「我哥一點辛苦費都不給我們，虧我還跟著他沒日沒夜地幹，結果好處全給了妳。」

程稚清揮了揮手裡的銀票。「我這不是來分銀子了嗎？一共三千兩，一人一千。」她抽出兩張銀票分別遞給他們。

晏修同和晏承淵完全沒想到程稚清居然給他們這麼多，他們就是打下手，如果不是程稚清一步一步教他們做，他們根本做不出來。

「給我們太多了，不用這麼多，我什麼也沒做，承淵辛苦了好幾天，多給一點給承淵。」晏修同連忙拒絕。

晏承淵聽了嚇一跳，他只是吐槽一下並沒有真的想要好處，便誇張地說：「我不行，太多了，我收下晚上會睡不著。」

大人們笑坐在他們身後看著他們分銀子，一點插手的意思也沒有。

程稚清不耐煩推來推去的，直接學著晏承平將銀票塞到他們手上，還放了話。「我說這樣分就這樣分，下次還有好事還叫你們，我們一起吃香喝辣。」

晏修同和晏承淵聽著程稚清一副土匪頭子的語氣，笑出了聲，也不再推脫，收下銀票，配合著搞怪。「程老大，以後還要多多仰仗您。」

程稚清拍了拍胸口。「沒問題，跟著我包你賺錢。」

晏修同拿著銀票給白舒雲。「娘，看我賺的錢，交給您，也算是我們到幽州的第一桶金了。」

白舒雲收下銀票，笑罵道：「什麼你賺的錢，明明是小清抬舉你們。」

「是是是，稚清可是我們老大，保證以後財源滾滾。」

晏承淵拿著銀票交給鍾思潔。「娘，給您，也給妹妹當嫁妝，還有您肚裡的孩子用。」

晏綺南一聽這話，頓時害羞。「哥，什麼嫁妝，都給你娶媳婦才是。」

鍾思潔收下錢，溫柔地說：「娘替你收著，以後給你娶媳婦用。」

「什……什麼娶媳婦，給弟弟妹妹用。」晏承淵扭捏地說：「我還早呢，不急。」

眾人笑作一團，晏修遠吃味地看著小弟和姪子，苦澀地對明慕青說：「妳看看我們養的兒子一點用都沒有，只有我們沒有家底，連一兩銀子的孝敬都沒有。」他恨不得擠兩滴眼淚出來以示傷心。

晏承平也沒有想到把銀子給程稚清，火居然燒到自己身上。他坐在一旁，眼觀鼻、鼻觀心，裝作沒有聽到。

他真的窮啊，一兩銀子都沒有了。

晏修遠將晏承安一把抱起，讓他坐在自己腿上。「小安啊，爹跟你說，以後你可得好好孝敬爹娘，千萬別學你大哥。」

晏承安不明所以，他捧著他爹的臉，認認真真地說：「爹，我長大肯定賺錢孝敬您和娘，還有爺爺、奶奶，二叔、二嬸。」

白舒雲聽著晏承安說的話，心裡寬慰極了。「我們小安可真是乖，比你小叔乖。」

晏修同一點也沒把這話放在心上，畢竟是小孫子嘛，單憑長相已經秒殺他了。

程稚清挪到明慕青身邊，磨磨蹭蹭地將手裡的一千兩遞給她。「明姨，這一千兩給您。」

明慕青看著程稚清忐忑的模樣，沒有推辭直接收下錢，她摸了摸程稚清的頭。「如今還先享上閨女的福了，我可真是太有福氣了。」

程稚清一聽這話，笑得眉眼彎彎。

晏修遠重重冷哼一聲。「兒子就是沒用，還是閨女好，閨女如今都知道孝敬爹娘了，兒子什麼表示也沒有。」

晏承平實在受不了他爹，他左摸摸、右摸摸，終於在身上摸出一兩銀子。

「爹，您別說了，我身上就這點銀子，都給您了，您可別嫌少，兒子全身家當都給您了。」

晏修遠看著手心裡的一兩銀子，臉色一僵，這讓他誇也誇不出口，罵也罵不得，畢竟兒子說全身家當都給他了。

眾人都等著看晏修遠吃癟的樣子，誰承想，他一本正經地把一兩銀子光明正大收下了。

「那爹就收了，以後記得多給些，不要這麼摳門，娶不上媳婦的。」

眾人又說了一會兒話後，都被白舒雲趕去睡了。

第二天一早，程稚清早早起床包餃子。

她將銅板清洗乾淨包進餃子中，一共準備了十二枚銅板，每人一個。

當她將餃子放進鍋裡煮時，眾人也都醒了。

白舒雲驚訝地看著在廚房中忙碌的程稚清，心疼道：「小清，怎麼不多睡會兒？這麼多餃子，這得多早起啊。」

「沒有很早，晏奶奶快坐下吧，我包了餃子，一會兒有驚喜。」

白舒雲一聽，笑得合不攏嘴。「好好好，我就等著妳的驚喜。」

晏家眾人都上桌了，程稚清替每人盛了一碗餃子。

最先吃到銅板的人是晏修同，他咬著一顆餃子還沒吃完，另一顆已經往嘴裡塞了，突然他吃到一個硬物。「稚清，是不是餡沒剁好啊，怎麼有好大一塊骨頭？娘，吃慢點，小心些。」

他吐出嘴裡的「骨頭」，定睛一看居然是一枚銅板。

程稚清笑著祝福他。「恭喜晏小叔啦，我特意在餃子中包了十二枚銅板，吃到銅板就代表一年都有福氣，你是第一個吃到銅板的哦。」

晏修同聽著這話開心極了，拿著銅板在身上蹭了蹭，小心翼翼地收了起來。

「哇，我也吃到了！福氣，福氣！」晏承安咬著嘴裡的銅板開心地叫了出來。

接著眾人紛紛都吃到屬於自己的那一枚銅板。

到了現在，眾人都明白了，每個人都能吃到一枚，沒有多也沒有少，肯定是程稚清包的時候做了標記，不然，怎麼會如此剛好呢？

大家吃到銅板都很開心，不僅是因為銅板的寓意，更因為程稚清的心意。

餃子吃完後，白舒雲從懷裡拿出紅包，調笑道：「來，一人一個，就是紅包沒有以往大了。」

明慕青和鍾思潔也準備了紅包挨個兒發給他們，就連晏修同也準備了小紅包。

程稚清看著手裡的四個紅包紅了眼眶，這是她第一次收到長輩發的紅包，以往在孤兒院能吃一頓好的就很棒了。

晏承平拿著一條狼牙吊墜，送給程稚清。「這是我單獨獵殺的第一頭狼，覺得狼牙很有紀念意義便留下來了，現在送給妳。」

程稚清看著晏承平認真的神色，緩緩伸出手接過他手中的狼牙吊墜，輕聲說了句。「謝謝。」

第十四章

日子一天天過去，積雪漸漸消融，天氣也漸漸暖和。

晏承平似乎將事情都忙完了，這些日子安分待在家中，每天都能看見他的身影。

晏家男人又恢復上山打獵的日子。

今天他們抬著一隻大野豬下山，晏瀚海看著這隻野豬圍著牠轉了幾圈，感嘆道：「真是夠胖的，也不知道冰天雪地的在山中吃些什麼，長得這麼壯實。」

白舒雲經過他們時瞅了一眼。「賣了吧，我們家肉夠吃，現在天氣暖和了，肉放不久。」

晏修同一聽到可以出門就十分激動，他自從來了大山村就沒有出去過。「我去賣，我去賣。」

晏瀚海毫不留情拒絕了他。「你去什麼去，讓你大哥、二哥去，你別跟著添亂，你看你打獵不行，腦子也不行，到時候出去，你大哥、二哥還得照顧你。」

晏修同聽到這話很不服氣，誰說他打獵不行了，明明就是家裡大哥和承平太厲害了，他都沒有施展的機會。

晏修遠和晏修景吃過飯後，便帶著野豬去姚安府。

晏修同趁著眾人午休的時候，拿上工具悄悄溜上雲山，誰也不知道他不在家中。

他一邊走、一邊想，今天一定要打一頭大隻的獵物，讓家裡人對他刮目相看。

正逢開春的時節，雖然積雪已經化了，但經過一冬的凍土才略有鬆動。

晏修同運氣還不錯，一上山就遇上出來找吃食的野雞。他毫不費力地逮住牠，抓著牠的翅膀，四處轉悠想找一頭大的獵物。

他走了半天，沒有發現其他動物，停在小溪邊歇一歇，順便喝了兩口水，再洗了一把臉，剛轉過身就看見正前方有一頭野狼正惡狠狠地盯著他。

那頭野狼可能在冬日雪地中尋不到吃食，餓得骨瘦如柴，牠的眼睛泛著綠色凶狠的光，顯然是把晏修同當作牠的食物了。

晏修同扔下野雞，緩緩走向野狼的方向，雙方都在試探。

突然，他快步跑到野狼身前，給牠一刀，野狼猛地閃躲一跳卻還是被砍中，頓時鮮血湧出。

野狼被晏修同砍了一刀，喉嚨中發出低低的怒吼似乎在警告晏修同，接著牠朝天嚎叫了幾聲，只見周圍草叢中緩緩跳出來十幾隻野狼，同樣骨瘦如柴，牠們目光透著殺氣，彷彿晏修同是一塊即將到嘴的肥肉。

牠們圍成一個圈，將晏修同包圍在其中。

晏修同的前後左右都是野狼，牠們惡狠狠地盯著他，緩步向他靠近。他看著周圍的野狼，每一隻眼神中都帶著幽幽的光，只覺得頭皮發麻。

他全神貫注，臉上寫滿堅毅，心中卻哀號著，為什麼要證明自己，在家裡舒舒服服睡覺不好嗎？偏偏要出來打獵，結果還遇見十幾頭狼，他怎麼打得過啊！

一頭狼猛地朝他跳過去，晏修同找準時機舉刀狠狠砍向野狼的腹部，野狼被砍中掉落在地上。

其餘狼隻見狀有些遲疑，腳步後退了幾步，但憑著對於獵物的渴望還是一隻接著一隻往前衝。

晏修同面對一隻還行，但是應對接二連三的進攻就顯得有些吃力。他手忙腳亂地抵擋野狼猛烈的進攻，還是不可避免地被鋒利的狼爪抓傷小腿、手臂。

狼爪十分鋒利，幾道深可見骨的傷口霎時間有鮮血湧出。

他選了一個方向，拚盡全力砍死前方的野狼，衝出野狼的包圍圈。

野狼見狀紛紛追趕在他身後，晏修同拚命跑，他看見遠處有一棵大樹眼睛一亮，更加賣力地跑，他顧不得身上的傷口，手腳麻利地往樹上爬。

他停在最高處，看著樹下圍著十幾隻餓狼，鬆了一口氣，小命總算保住了。

餓狼看著樹上的晏修同，跳著想要爬上樹，卻不停滑落下去，牠們不甘心地圍著樹不停打轉，時不時發出低吼。

晏修同靠在樹幹上休息，看著下面的餓狼想上樹卻無能為力的樣子，心裡得意極了。

「你上來啊，你上不來，嘿嘿。」晏修同放話嘲諷餓狼。

他出來這麼久了，不知道家裡人有沒有發現他不在家？

跟著餓狼鬥了這麼久，實在是累了，他看樹上還算是安全的樣子，漸漸放鬆心神睡了過去。

他沒發現樹底下的餓狼看他遲遲不下樹，一隻隻先後離開了。

待晏修同醒來，樹下已經一隻狼都沒有了，他警惕地看著四周，甚至扯斷一節樹枝扔了下去。

樹枝落在地上發出聲響，他靜靜觀察一會兒，發現野狼真的不在了，才滑下樹。

他一瘸一拐地準備回家，嘴裡還罵罵咧咧。「運氣太差了，誰能想到上個山居然會遇到狼。一頭就算了，竟然有十幾頭，給我多長六雙手，我也打不過啊。」

他罵著，動作稍微大了一些，扯到腿上的傷口。「嘶……疼死我了，回家肯定要被嘲笑了。」

晏修同用一隻手捂著傷勢較深的另一隻手臂，跌跌撞撞走著，絲毫沒有注意身後跟著狼群。

從他一下樹，野狼就緊緊跟在他身後。

牠們怎麼會放過即將到嘴的獵物？

其中一隻狼張著血盆大口飛跳上去，即將咬中晏修同的肩膀。

只聽見「咻」的一聲，遠處傳來一聲。「快跑！」

晏修同回頭一看，那頭野狼身上插著刀，倒在離他只有幾公尺遠的地方。

他看著那匹倒在地上插著刀流血的野狼，瞳孔放大，大腦還沒來得及反應，腿就先跑出去了。

他一邊跑、一邊想，如果不是那人的刀來得及時，他可能就要被咬到了，果然狼是最狡猾的動物，剛才還靜悄悄的沒有動靜，等他一下樹就跟上來了。

晏修同全力跑著，剩下的狼也陸陸續續追上來。

他們就這樣一前一後僵持不下，晏修同受了傷，速度漸漸慢下來，他實在跑不動了，野狼漸漸追上他，泛著綠光的目光惡狠狠地看著他。

一隻野狼張著嘴，露出尖銳的牙齒，在陽光下泛著冷光，牠衝上前，想要將晏修同撕成碎片。

晏修同此時顧不了累不累、疼不疼，他手裡拿著刀，立刻與牠展開搏鬥。

他身後有一匹狼正準備衝上前，但是他已經分身乏術，無力招架。

就在這個時候，一個男人衝出來，他衝到晏修同身後，用刀砍向野狼。

晏修同好不容易才殺死那隻野狼，身上傷痕累累，氣喘吁吁。

他配合著那男人弄死偷襲他的狼，二人背靠背，手上持刀，犀利地看著狼群。

一時間狼又死了兩隻，剩下的狼也不敢輕舉妄動，牠們圍在兩人四周，等待進攻的機會。

晏修同乘機休息了一會兒，他對身後的男人說：「大哥，你說你跑了多好，怎麼還衝出來救我，連累你了。」

他看不見那男人的神色，只能聽見他平靜的語氣。「你們晏家帶著我們村裡人上山打獵掙了銀子，也是因為這筆銀子，讓我採礦時弄斷腿後送回家有銀子治療，不然我早就死了，所以我不能眼睜睜看著你送死。」

晏修同很感激，但是也有點無奈。「你可以下山找我家人救我啊，現在還把你也搭上了。」

那男人語氣沒有絲毫變化。「你覺得我下山後找你家人來，不是給你收屍嗎？」

晏修同聽著覺得有些道理，一來一回他八成早被這群畜生給吃乾淨了，看著這些狼瘦成這樣，他八成連骨頭都沒剩下。

晏修同一邊警惕著四周的野狼，一邊問道：「那我們現在怎麼辦？這樣僵持著也不是辦法，要不我們主動出擊？」

晏修同這回聽出他語氣的變化了，那男人用略帶嫌棄的口吻說：「你能行嗎？怎麼感覺你跟你家人差得有點多？」

「可不是差得多嗎？我大哥和姪子都是戰場上拚出來的本事，他們在戰場上不拚命，命早丟了。我頂多是在家裡練功夫小打小鬧，還不是很勤快，兩天打魚、三天曬網，連我姪子的一半本事都沒有學到。」晏修同自嘲道。

那男人一時沈默，他也不知道該說什麼好。

晏修同接著說：「如果這次能回去，我一定讓我大哥教我功夫，一定起得比雞早、睡得比狗晚，拚命練習。」

那男人沒有回他的話，他看著狼群似乎有些躁動。「我們主動衝上去吧，再不打就是狼打我們了。」

晏修同應了一聲。「上！」

兩人率先對野狼發起進攻，一番激烈的鬥爭下，狼群死了一半，二人身上都是血跡。

晏修同的臉也被狼用爪子抓傷了，他感受到臉上傳來陣陣疼痛，哀號道：「我英俊的臉龐啊！這叫我怎麼出去見人啊！」

二人在此時都已經累到極點，體力所剩無幾，剩下的狼似乎看出他們的疲憊。

狼群發起猛烈的進攻，一頭狼張著嘴，猛地咬向晏修同的手，牠的嘴已經近在咫尺了，晏修同還在對付其他的狼，根本騰不出手，只要那隻狼咬上晏修同的手，就可以把他撕扯下。

千鈞一髮之際，程稚清拿了一顆不大不小的石子，扔向那匹馬上就要咬住晏修同的狼。她憑藉著傲人的力氣，精準的眼力，成功將那匹狼砸倒在地，甚至身上還有一個血窟窿。

程稚清下午的時候覺得有些無聊，想著沒上過山，平常他們打獵也不帶她，冬天的時候又大雪封山，她也沒機會上山，好不容易等到開春了，晏承平又時不時盯著她。

今天剛好沒見到晏承平，她就一個人偷偷溜出來上了雲山。

她一個人揹著一個背簍，開心地走著山路，一路上哼著歌，儼然一個採蘑菇的小姑娘裝扮。

她一路走走停停，看到草藥就停下來挖，遇見野雞就追著打，可能是身手問題，一隻雞也沒讓她抓到。

她在追野雞的途中似乎聽到晏修同的慘叫，想了想便轉道去確認看看。

結果一到地方，真的是他！

晏修同和一個男人對戰十幾隻狼，兩人身上血跡斑斑，見到此情此景，程稚清不得不感嘆一句真男人。

不得不說劇情大神真的牛，走歪的劇情還會在這個時候掰正，她以為上一世的情形不會出現了。

畢竟上一世晏修同是為了錢才上山，可這一世他們又不缺錢。

上一世的晏修同也是被狼咬死的。

當時晏家走到幽州，只剩下晏修遠一家三口和白舒雲、晏修同。

白舒雲經歷四次親人離去的絕望，流放之路又過於艱辛，她強撐著一口氣帶著剩下的人走到大山村後，就撐不住倒下了。

晏修遠、晏修同和晏承平一開始就被拉去挖礦，家中只有病倒的白舒雲和身體不好的明慕青。

他們三人就常常偷溜出去，抓獵物賣錢給白舒雲治病。

只不過有一天晏修同是自己去，同樣也遇上狼群，他一個人根本沒辦法對付十幾隻餓狼，也沒有遇上這個男人，沒有撐多久就被野狼分食了。

最後還是晏承平發現晏修同遲遲沒有回來，他出去尋找，結果只找到地上帶著血跡的衣物和一些吃剩下的骨頭。

他將屍骨收斂後帶回家中，白舒雲無意間看到晏修同的屍骨後一下就撐不住了，她覺得都是自己害死晏修同，精神的折磨加上身體的病痛，讓她倒下後再也沒有起來。

程稚清眼看著那匹狼就要咬中晏修同的胳膊，急忙在地上尋了一塊石子扔出去，也是運氣好，一下就砸中了。

晏修同此時也看見程稚清了，他沒想到這個時候居然能在山上看見程稚清，真是該來的不來，不該來的扎堆出現。

「稚清，快走啊！」晏修同完全忽略剛才是程稚清扔出的石子救了他，他的腦子裡只有讓她快跑。

程稚清看著兩人已經到極限了，挑了挑眉，從地上找了一根結實的樹棍，衝了上去，她覺得憑藉著自己的力氣，弄死兩頭應該不是問題。

晏修同一邊拚命抵擋著狼群，一邊還要分心看程稚清跑掉沒。

他看見程稚清悠悠哉哉在地上尋找什麼的時候，頓時有些崩潰，大喊著。「妳幹啥呢，趕緊給我走啊！」

當看到程稚清撿了樹棍就往前衝的時候，他已經不知道自己應該做出什麼表情了。

他就這麼眼睜睜看著程稚清拎一根樹棍衝到他跟前，接著一棍子將他費盡千方百計也沒能弄死的野狼打飛出去幾公尺遠。

程稚清臉上帶著輕鬆，一副絲毫不費吹灰之力的模樣。

晏修同頓時愣住了，結結巴巴道：「稚、稚清，妳力氣這麼大嗎？」

程稚清臉上帶著疑惑的表情。「你不知道承淵掉下懸崖是我扔他上來的嗎？」

晏修同沒有說話，臉上帶著訕訕的表情。因為她總是一副柔柔弱弱的樣子，加上他娘親什麼也不讓程稚清做，導致他覺得程稚清就是一個手無縛雞之力的柔弱小姑娘。

可是也沒人見過一個手無縛雞之力的柔弱小姑娘，能一棍子把狼打飛出去。

當晏修同以為穩了，還能順便收穫十幾隻野狼的時候，現實又給他沈重一擊。

程稚清完全是花架子，單單只是力氣大，真的打起來一點用也沒有，到最後反而還要兩人保護她。

程稚清完全高估了自己的力氣，她現在就是光有力氣沒有技術，狼的靈活敏捷完全勝過只有力氣大的她，剛才能夠救下晏修同大概只是運氣使然。

她在兩人保護下，只能時不時瞅著時機給狼來一棍，就這還不一定能夠打中狼。

晏修同和那個男人沒了力氣，還要在剩餘的幾隻餓狼攻擊中保護程稚清。

狼群衝散了他們三人，晏修同和陌生男子各自對付著一匹狼，剩下的三隻狼朝著程稚清跑去。

晏修同看著三隻狼馬上就要到程稚清身邊，著急卻沒有辦法，他對付眼前這一隻已經有些艱難了，無法及時幫助程稚清。

程稚清全神貫注地盯著離她最近的一匹狼，只等著牠衝過來時給牠一棍子。

那匹狼顯然有些迫不及待，牠一個飛跳撲向程稚清，張著嘴，露出鋒利牙齒。

程稚清看著眼前張嘴的狼，似乎能夠從牠嘴裡聞到惡臭的味道。她雙手緊握樹棍，狠狠一揮，樹棍打在狼頭上，狼頭一歪身子也跟著飛出去。

「稚清，小心身後！」晏修同看見程稚清身後還有兩隻狼發起進攻，他心急喊出聲。

程稚清聽見晏修同的聲音，她沒有防備，待轉過身已經來不及了，兩隻狼已經到了眼前，她眼睜睜看著餓狼即將咬到自己，害怕地閉上眼睛。

她等待了一會兒，只聽見物體沈悶落地的聲音，下一秒她落到一個溫暖的懷抱中，聽見那人發出一聲悶哼。

她小心翼翼張開眼，發現是晏承平。

原來白舒雲在家中煮了甜湯讓眾人來喝，結果晏修同和程稚清都沒有出來。

晏承平去他們的房間找人，發現人不在家中，一看家中的背簍就知道壞了，他一直知道程稚清想要上山，今天中午沒有看好，就讓她偷溜上去了，他急忙跟家裡說一聲，便上山尋找程稚清和晏修同。

晏承平跟著路上的痕跡一路尋找，遠遠地聽見一聲急切的「小心」。

他心中一驚，趕忙向聲音趕去，待他到達的時候，只見兩隻狼跳向程稚清，而她似乎傻了般愣在原地不動。

他沒有多想，衝上去用腳踢飛離程稚清最近的狼，他來不及阻止另一隻狼的攻勢，只能用身子替她擋住狼的攻擊。

晏承平承受了這一爪後，立刻搶過程稚清手中的樹棍，兩三下就把狼給打死了，接著立刻解決另外兩頭狼。

晏修同看見是晏承平後，一把拉過那位陌生男子遠離戰局，癱軟在地上，喘著粗氣。「哥兒們，快坐下歇歇，我大姪子總算來救我們了……」

晏承平快速解決兩隻狼後來到程稚清面前，面帶冷意地看著她。「有沒有受傷？」

程稚清自覺理虧加心虛，畢竟她是偷偷跑出來的，她不敢看晏承平，眼睛盯著地面，結結巴巴道：「沒……沒有。」

晏承平看都沒看晏修同一眼，轉身就要走。「走吧，等妳回去看妳怎麼跟奶奶、我娘解釋。」

程稚清不敢多說什麼，也不敢幫晏修同說話，她摸了摸鼻子，默默地跟在晏承平身後。

晏修同愣然，立刻認錯，晏承平黑著臉還是很嚇人的。「我……我都不能動了啊，承平我錯了，你扶小叔一把。」

晏承平這才看了晏修同一眼，只見他渾身帶血，臉上也有被狼抓傷的痕跡。

晏修同立刻介紹旁邊的男子。「這是村裡人，他剛才救了我，不然我已經被狼吃了。」說著他看向身邊男子。「哥兒們你叫啥來著？」

「傅山。」

晏承平對他有些印象，帶村民去打獵那天，只有他能夠自己打獵而且學得很認真，其他人都畏畏縮縮。

「多謝。」晏承平對著傅山點點頭。

傅山明白他說些什麼，搖搖頭。「不用。」

「能走嗎？」晏承平已經架起了晏修同，他看著傅山問道。

傅山沈默一瞬，決定還是實話實說。「不能。」

如果讓他自己在這充滿血氣的地方走下山，可能半路就要被其他東西吃了。

晏承平一手扶著晏修同，一手扶著傅山。

臨走時，晏修同看著地上的狼有些可惜。「我們受了這麼嚴重的傷還不能把狼帶走，真的太虧了。」

程稚清看著地上起碼十幾隻狼的屍體，頗為認同地點了點頭，然後她在地上找了一根藤蔓。

三人就這樣默默看著她將狼一隻又一隻綁好。

程稚清蹲在地上處理好，起身拿著藤蔓的一頭，一抬頭就看見三雙眼睛齊刷刷盯著她。

「走啊，愣著幹麼？」

晏修同見程稚清拖著十幾隻狼，毫不費力地走著，感嘆道：「稚清的力氣可真大。」

晏家眾人都在著急地等待。

白舒雲在院子中轉來轉去，她雖然沒有上過雲山，但也能從他們每次帶回來的獵物中知道雲山的凶險。

晏修同沒上過戰場且武藝不精，程稚清又是一個姑娘家，兩人上山遇見猛獸，那可怎麼辦？

晏瀚海手捶到桌上。「一定是晏修同那個臭小子慫恿稚清和他上山，要是稚清受了傷，看老子還不扒了那臭小子的皮。」

晏修遠看熱鬧不嫌事大，在一旁附和道：「可不就是，一定要好好教訓一下小弟，以免他不知道天高地厚。」

「急死人了，怎麼還沒回來？」明慕青時不時就走到院門口探頭看向雲山的方向。

「修遠，你也去一趟吧。」明慕青看著晏修遠，她實在放心不下。

白舒雲也想到了什麼，點著頭。「對、對，老大也去。」
晏修遠聽著自己媳婦和老娘這麼說，沒辦法，只能去了。

第十五章

晏承平扶著晏修同和傅山下山，一走動才發現傅山是一瘸一拐的。

晏修同也看出來了。「哥兒們，你這腳怎麼了？」

「挖礦，礦山塌了，腿被壓斷了。」傅山不帶絲毫感情地說。

程稚清也想起來了。「是不是村長兒子被送回來那次？」

傅山點點頭。「對，不過我比他幸運，我被壓斷腿，不能再去挖礦了，府衙那邊也不會出銀子給我治病，所以就把我扔回來了。不過這樣挺好的，我也不放心妻兒獨自在家。

「回家後，妻子為了治療我的腿傷，花光了家裡的銀子，能賣的都賣了，我這才上山看看能不能尋到一點東西。如果不能找到點什麼，家裡就要斷糧了，家中妻兒還在等我回去。」

傅山也不知怎麼回事，看著程稚清就覺得親切，忍不住想和她多說話。

晏修同聽他這麼說，馬上慶幸承平來救他們，不然要是害一個家庭失去父親，他會愧疚死。

程稚清拖著狼回道：「你救了晏小叔，待會兒到我們家，我幫你治腿，不收你銀子，等把這些狼賣了，也分銀子給你。」

傅山聽到程稚清這麼說，結結巴巴道：「不、不用，我救他是為了報恩，不是為了收你們的報酬。」

程稚清點點頭。「我知道，我們也是為了報恩嘛！你放心，我不會讓你虧的，你的所有花銷都記在晏修同身上，讓他出錢，誰讓你救了他呢。」

要是之前晏修同聽見這話肯定要叫起來，但是他第一次沒有反駁，反而認真鄭重地說：「對，兄弟千萬別跟我客氣，你救了我，我自然要負責你的醫療費。」

傅山是個不善言詞的人，他見自己說不過這兩人，就沒有開口了。

晏修同傷勢最重，他實在熬不住暈了過去，腦袋一下砸在晏承平的肩膀上。

晏承平嚇了一跳，連忙喊道：「小叔？小叔？」

程稚清見狀，扔下手中的藤蔓，上前抓了晏修同的手腕為他把脈。晏承平一臉擔憂地看著她。

程稚清一臉嚴肅地看著晏承平。「要快些回去，失血過多要盡快治療。」

晏承平一個人帶著兩個人實在走不快，況且晏修同還昏迷了，一點知覺也沒有。

程稚清撿起藤蔓走到晏修同身邊，幫著晏承平一起扶晏修同。

四人就這樣走沒多遠就遇見上山找人的晏修遠。

晏修遠看見遠處的四人，連忙喊道：「是承平嗎？」

程稚清聽到聲音，激動道：「是晏叔叔，是他來了。」她高聲應著。「晏叔叔，是我們！晏小叔受傷了，您快來！」

晏修遠聽到晏修同受傷後立刻加快腳步走到他們跟前，見到滿身是血的晏修同，手指顫抖地指著他。「這……這是怎麼了？怎麼傷得這麼重？」下一秒他哆哆嗦嗦地將手伸到晏修同鼻子底下，試探他是否還有呼吸。「承平啊，你小叔還活著嗎？」

晏承平見到他爹這個樣子無奈地說：「活著。爹，您接著小叔，我們快點帶小叔回去。」

晏修遠這才看見晏承平身邊另一人。「這是？有點眼熟。」

「傅山，上次跟我們一起上過山。是他救了小叔，爹您快別聊了。」晏承平催促道。

「晏叔叔，這些事等會兒回去再說，現在要快些把晏小叔帶回去治療。」程稚清向晏修遠解釋。

「好好好。」晏修遠手忙腳亂揹上晏修同，幾人馬上趕回家。

明慕青一直在門邊看著，遠遠看見有幾人下山，激動地喊道：「回來了、回來了。」

晏瀚海走到門口拎起一支掃把。「看我這次不好好收拾他。」

眾人走到門口，看著遠處的人離得越來越近。

當看見渾身是血的晏修同被晏修遠揹在身上昏迷不醒時，白舒雲嚇得整個人身子一軟就要往地上倒。

明慕青和鍾思潔一直跟在白舒雲身邊，她們馬上扶住白舒雲不讓她倒下。

「娘，您沒事吧？」明慕青和鍾思潔擔憂地看著白舒雲，晏瀚海和晏修景也都圍到了白舒雲身邊。

白舒雲藉著她們的力氣緩了一會兒，慢慢站直身子。「沒事，我沒事。快看看修同怎麼了。」

晏修遠將晏修同抬進屋中，眾人也緊跟著進屋。

白舒雲這才清楚看見晏修同傷得有多重，身上有大大小小的抓痕、咬痕，有的傷痕甚至可以看見骨頭，臉上也滿是血跡。

她眼淚立刻就流下來，撲到晏修同的床邊想摸他的臉又不敢動，生怕他疼。

晏瀚海拎著掃把，看著晏修同傷得如此重，也倒抽一口氣。「這臭小子怎麼傷成這樣？」

晏綺南遠遠看了一眼滿身是血的晏修同便紅了眼眶，她沒有跟著進屋，知道自己進去就是添亂，於是走進廚房燒水，這樣待會兒需要用就立刻用得上。

晏承安跟著大人進屋，他看見躺在床上一動不動的晏修同，眼淚一顆一顆地掉下來。

看著昏迷不醒的晏修同，他就想起晏家流放當日，晏瀚海、晏修遠和晏承平也是這樣一動不動地躺在板車上。

晏承安頓時大哭出聲。「小叔不要死，我不要你死，嗚——我再也不欺負小叔了，小叔你醒醒啊——」

晏承平扶著傅山將他放在炕的另一側，當初這間房是他們三個大男人住，炕就做得大了些，床沒什麼用就當作柴火燒了。

傅山見這麼多人關心晏修同，腦子裡似乎閃過什麼畫面，但是又很快消失了。

程稚清費力地將狼拖進晏家院子中，聽見晏承安的哭聲，還以為晏修同不行了。

她馬上進屋，只見眾人圍在晏修同的床邊，她又擠進人群中。「大家讓我進去，讓一讓。」

明慕青聽到程稚清的聲音這才回過神。「對、對，快讓小清看看。」

眾人此時也反應過來，連忙讓出位置。

晏承平一把抱開哭聲震天響的晏承安。

程稚清替晏修同把脈。「失血過多而昏迷，能救。」

她先回自己房間拿了兩顆保命丸和止血藥，並將藥交給晏承平，讓他給晏修同服下。接著，再去替傅山把脈，傅山傷得沒有晏修同重，所以現在還清醒著，她將保命丸遞給傅山讓他吃下去。

晏家眾人這時才發現還有一個傅山，他們有些疑惑卻也沒有在這個時候發問。

「大家都出去吧，留幾人幫他們換衣服上藥就行了，不要都圍在這裡。」程稚清喚著眾人。

白舒雲等人一聽有得救，就沒有那麼擔心了。女眷們聽從程稚清的話出去了，進廚房後，就看見晏綺南已經在燒水。

「奶奶，小叔沒事吧？我燒了水，要不要送去？」晏綺南擔憂地看著白舒雲，她也很擔心晏修同。

「妳小叔沒事，別擔心。綺南真是長大了。」白舒雲欣慰地說，她們都亂了陣腳，只有綺南還記得這些東西。

明慕青立刻從鍋裡裝熱水，送去給晏修同他們。

程稚清拿了藥材到廚房，準備替他們兩人熬藥。

晏瀚海坐在晏修同床邊，看著晏修遠給他擦拭血跡、上藥，等臉上的血跡擦掉後才發現有三條很長的傷口，皮肉外翻。

受了這麼重的傷，晏修同失去意識，僅僅只是皺著眉，沒有哼一聲。

晏瀚海看不下去了，他當年受的傷比這個重多了，照樣熬過來了，怎麼到自己兒子身上就這麼疼。

他不知道自己是不是做錯了，如果當初自己嚴加看管小兒子練武，是不是今天他就不會傷得這麼重？

晏瀚海走到院子中望著天，突然一隻小手牽上他的手，緊接著就是啜泣的聲音。「爺爺，小叔會不會死？我不要他死。他是不是跟你們當初躺在板車上一樣？」

就算過了這麼久，家人奄奄一息躺在板車上的樣子依然牢牢印在晏承安腦海中，他生怕什麼時候家人會死去。

晏瀚海沒有想到晏承安居然還記得當初他們躺在板車上的事情，他抱起晏承安。「小叔沒事的，你稚清姊姊醫術很厲害，不會有事的。你看我、你爹還有你大哥，現在不是都好好的嗎？」

晏承安將頭埋在晏瀚海的頸窩中，低聲「嗯」一聲。

晏瀚海感覺到自己的頸窩傳來熱熱的濕意，他收緊抱著晏承安的手，鼻尖也有些酸。他輕輕拍著晏承安的背，晏承安哭累了，就睡著了。

晏瀚海抱著晏承安回到房間中，將他放在床上，替他蓋上被子才出去。他走到院子中，發現程稚清蹲在角落熬藥。

「小清，妳沒受傷吧？」

鍾思潔現在懷胎月分大了，先是提心弔膽又忙碌許久，實在撐不住，就先去休息了。

白舒雲和明慕青熬了粥和雞湯在鍋裡慢燉，這會兒也沒什麼事，聽到晏瀚海的話連忙出來了。

她們剛才只記得晏修同，都忘了問程稚清有沒有事。

「對啊，小清沒事吧？哪裡有傷著一定要說啊！」白舒雲和明慕青擔憂地看著她。

程稚清抬起頭，看著眼前臉上寫滿擔憂的人。「晏爺爺、晏奶奶、明姨，我沒事，一點也沒有傷到。」

晏瀚海得到程稚清的回覆後終於放心下來，接著又詢問發生了什麼事。「今天是怎麼回事？是不是晏修同那個臭小子硬拉著妳上山？妳別怕，大膽跟爺爺說，爺爺給妳做主。」

程稚清先是看看三人，有些心虛道：「不是晏小叔拉著我上山，是我自己跑上去的。」

晏瀚海顯然不相信這個回答，白舒雲也不相信，他們認為程稚清這麼乖，不會自己跑上去。

「小清啊，沒事，肯定是修同拉著妳上去的。」

程稚清有些著急。「真的不是晏小叔拉我上去的，我下午覺得有些無聊，想著自己還沒有上過山，加上我力氣大，應該沒有野獸能打得過我，我就上去了。我抓野雞的時候突然聽到晏小叔的聲音，過去一看發現有一群狼在攻擊他們。」

晏瀚海和白舒雲面面相覷，他們沒想到事情是如此。

「承平帶回來的那個男人是誰？」晏瀚海問道。

程稚清一邊熬著藥，一邊回答。「他是村裡人叫傅山，上次跟著晏叔叔一起上山打獵，他說他去挖礦被壓斷腳，沒辦法繼續挖礦，就被送回來了。家裡花光了銀子給他治腿，他上山看能不能打獵換點吃的，碰巧遇到晏小叔，就救了他。」

晏瀚海沈吟片刻，想來這人應該是個好的。

另一邊，晏修景看到扔在院子裡的狼群，驚呼出聲。「我的天啊，這麼多的狼。」

眾人這時看過去，這些狼被程稚清一路拖著回來，毛都蹭掉不少，一隻隻身上都帶著血淋淋的傷，一看就是經歷過一場惡戰。

白舒雲見到這麼多狼，一時忍不住紅了眼眶，她看著這些狼就想到自己兒子經歷了怎樣的困難才留下一條命回來。

「晏小叔說狼扔在山裡太可惜了，他受了那麼重的傷，結果一頭狼都沒有帶回來實在太虧了，我就都拖回來了。」程稚清有些心虛。

晏瀚海中氣十足地說：「做得對，就是要帶回來，不然傷豈不是白受了？」接著他又對晏修景說：「修景，你喊上你哥，把這些野狼拖去賣了，家裡人都在也不缺你們，你們早去早回。」

晏修景點了點頭，去喊了晏修遠，兩人將狼搬上馬車就出發前往姚安府了。

屋內的傅山，眼看著天色就要黑了，他掙扎著想要回家，卻被晏承淵死死按在床上。

晏瀚海和白舒雲本是想和傅山道謝，結果卻看到這一幕。

「承淵，怎麼了？小傅還受著傷，怎麼壓在人家身上，傷口都要裂了。」白舒雲急忙喊著晏承淵起來。

晏承淵也很為難，不壓著他就要跑了。「奶奶，他說要回家，他受著傷，一下地會更嚴重。」

晏瀚海勸解道：「小傅啊，你救了修同，是我們家的大恩人，就在我們家好好養傷，千萬別跟我們客氣。」

傅山臉上露出無奈的表情，解釋道：「晏老，我妻兒還在家中，如果我晚上沒回去，家裡人會擔心。」

白舒雲一聽原來是這樣，立刻給他出了個主意。「你把你家住在哪裡和承淵說，讓他去你家說一聲，讓他們來看看你，順便我們也請他們吃一頓飯，你看這樣可行？」

傅山有些猶豫。「這樣不好吧，太麻煩你們了。」

「不麻煩、不麻煩，就這樣說定了。你不說住址，那就讓你妻子擔心吧，憑你一個人是走不出我們晏家的。」

傅山不想麻煩晏家，但聽著白舒雲霸道卻含著關心的話語，心中又十分擔憂妻子上山找他，只能同意了。

他將住址告訴晏承淵，晏承淵飛奔去村中接他的家人。

白舒雲十分開心地帶著程稚清去張羅晚飯，留下晏瀚海陪他聊天。

晏承淵照著傅山給的住址去村中，傅山說看見一間最破的小院就是他家。

一眼望去，一排的院子只有一間連個門也沒有。

嗯，是有夠破的……

晏承淵走過去一瞧，發現院內有個婦人不停往外張望，似乎著急地等著什麼人。

「嬸子，請問傅山大叔是你們家的嗎？」

婦人還納悶怎麼會有人到他們院前，就聽到傅山的名字，她上前回話。「是我丈夫，你見到他了嗎？」

「傅山大叔為了救我小叔受了傷，現今在我家養傷，他讓您不要擔心。」晏承淵說著話，就看見傅山的妻子摔倒在地，他連忙扶起她。

屋中有個十三、四歲的小姑娘衝了出來。「你是誰？你對我娘做了什麼？」她一把推開晏承淵，從他手中搶過她娘。

傅山的妻子終於回過神，她輕斥女兒。「今瑤，不許這麼說話，這位小哥只是來傳達妳爹的消息，是娘自己摔倒了，向人家道歉。」

晏承淵站起身子，連忙擺手。「不用，不用。」

傅今瑤扶著她娘站起來，對晏承淵道歉。「對不起，是我誤會你了。」

晏承淵看著那雙清澈的眼睛，撓頭紅著臉。「沒關係。」

此時屋中又跑出來一個和承安差不多大的孩子，看起來頭重腳輕，跑得搖搖晃晃，傅今瑤走過去牽著孩子的手。

「這位小哥，你剛才說我丈夫怎麼了？」傅山的妻子又一次問道。

「哦，對，傅山大叔為了救我小叔受傷了，在我家中養傷，他怕你們擔心，讓我接你們過去看看。」

傅山妻子猶豫片刻，還是拒絕了。「還是不用了，他受的傷重嗎？」

晏承淵忙解釋道：「有一點嚴重，不過我家有大夫，您不用擔心，就跟我去看看吧。」

傅山妻子不願意麻煩人家，再說了他們願意留丈夫在家養傷，還請了大夫已經很好了。

晏承淵見她還是有些猶豫，直接找準時機一把將那個小孩抱在懷裡就跑，嘴裡還喊著。「我是晏家的，雲山腳下的晏家，想要兒子就來晏家。」

被晏承淵抱在懷中的小人，一看自己被抱走了張嘴就要哭，晏承淵連忙安慰道：「別哭啊，別哭啊……我帶你去找你爹。」

傅山妻子和傅今瑤看著晏承淵把孩子抱走了，也顧不上猶豫，追在晏承淵身後跑。

她們連家中的門都沒有關，不過也沒關係，大山村只有傅家最窮，好不容易傅山打獵賺了一點銀子，又因為斷腿把銀子全都花完了，他們家連老鼠都不願意光顧。

晏承淵抱著小孩一路跑回晏家，恰好晏承安醒來了坐在院中，看見晏承淵氣喘吁吁地放下小孩。

晏承安瞪著眼睛問道：「二哥，他是誰啊？」

晏承淵看見小孩好像又要哭了，立刻將他牽到晏承安旁邊。「傅山叔叔的兒子，你跟他一起玩。」

晏承安還是第一次見到和他差不多大的孩子，他立刻跑回屋，拿出晏瀚海做給他的各種玩具，一股腦兒地都倒在小孩面前。

「來，我們一起玩。」晏承安邀請他一起玩。

小孩看著晏承安釋出的善意，加上從來沒見過這麼多的玩具，他被玩具吸引了，瞬間忘記娘和姊姊，坐下和晏承安一起玩了。

白舒雲聽到聲音立刻走出來。「怎麼就一個小孩，你傅山叔叔的妻子呢？」

晏承淵有些心虛。「她不願意來，我就把她兒子抱來了，這樣她就會跟著過來了。」

白舒雲一巴掌拍上晏承淵的腦門。「你不會動之以情、曉之以理嗎？以前讀的書都去哪裡了？還搶孩子！等人來了，趕緊給我道歉。」

晏承淵一臉委屈，捂著被拍的頭。「知道了。」

傅山妻子站在晏家門口猶豫著要不要進去，可不進去兒子和丈夫在他們家，進去了又怕給人家添麻煩。

傅今瑤沒有她娘想得那麼多，直接上前敲門。

晏承淵一直在院中等她們，一聽到敲門聲就趕緊開門，看到傅今瑤和傅山妻子，他連忙道歉。「嬸子對不起啊，我不是故意的，小弟弟在那邊和我弟弟玩呢。」

傅山妻子順著晏承淵指的方向看去，她看到自己兒子玩得那麼開心，再多的怨言也沒有了。

因為他們家最窮，村中的小孩都不願意和兒子玩，兒子看著一群小孩在一起玩總是十分羨慕，但是被拒絕多次以後，就漸漸待在家中不願意出門了。

白舒雲聽見動靜立刻從廚房出來，她見傅山妻子一臉笑意，一把握住她的手。

「是小傅娘子吧，哎喲，真是對不住，我讓我孫子請你們一家上門，誰知道他直接抱了妳兒子就跑，讓妳擔驚受怕了，真是對不住，是我們沒有教好。」

傅山妻子沒有被人這麼熱情對待過，她一邊努力想把手從白舒雲手中抽出，一邊結結巴巴地說：「沒……沒關係。」

白舒雲拉著她往屋裡去。「來，別站在這裡啊，我帶妳去看看小傅，你們今天也不用著急回家吃飯了，就在我們這裡吃一頓，讓我們好好感謝你們夫妻倆。」

「不……不用麻煩，我看看傅山就回去。」傅山妻子極力推脫著，卻掙脫不開白舒雲的手，只能默默跟著她往屋中走去。

白舒雲十分熱情。「不麻煩、不麻煩，都已經準備好了，一會兒就可以吃了。」

白舒雲帶著傅山妻子走進屋中，晏修同還沒有醒來，屋中人看見傅山妻子與她點了點頭就出去了，把空間留給傅家夫妻。

「你們慢慢說，不著急。」白舒雲說完這一句也跟著出去了。

傅山妻子看見躺在床上面色蒼白的丈夫，眼淚就流了下來。

傅山見到妻子，掙扎著起身。「新雅……」

傅新雅上前按住想要起身的傅山，哽咽道：「你躺著，不用起來。」她掀開蓋在傅山身上的被子，看見還透著微微血跡的白布，眼淚掉得更凶。「怎麼傷得這麼重……」

傅山有意逗她，他指了指一旁昏迷不醒的晏修同。「我傷得才不重呢！妳看晏家小哥，他臉都受傷了，幸好我沒傷到臉，不然妳該嫌棄我了。」

傅新雅順著他指的方向看去，只見到臉上包著布的晏修同，她一驚。「怎麼回事，你在上山遇見什麼了？」

傅山看著妻子又有掉眼淚的跡象，抓著她的手連忙解釋道：「本來我想上山抓點野雞回家，但是看到晏小哥被狼追。我想到要不是晏家幫我們賺錢，說不定我回家那日就死了，所以我就去幫晏小哥了，總不能見死不救。」

傅新雅輕輕摸了摸他的臉，溫柔地說：「對，你做得沒錯，晏家是好人，我們該救。」

傅今瑤這時也進來了。「爹，您沒事吧？」

傅山看見自己的女兒，笑得溫柔。「爹沒事，瑤瑤不要擔心。」他往她們母女倆身後看了看。「安和呢？在家裡嗎？」

「安和在外面跟晏家的小孫子一起玩呢，他長這麼大還沒有朋友跟他一起玩，現在好不容易有個跟他一樣大的小孩與他一起玩，將爹娘都給忘了。」傅新雅調笑道。

傅山聽到傅新雅這麼說，臉上露出愧疚的神色。「都怪我這個做爹的沒有本事，才讓安和連個玩伴都沒有。」

「別這麼說，你已經很好了……」傅新雅話還沒有說完就被打斷了。

程稚清和晏承平端著藥進來，晏承平替晏修同餵藥，程稚清將藥遞給傅新雅。「傅嬸子，傅大叔該喝藥了。」

傅新雅連忙接過程稚清手中的藥碗。「好，我來餵。謝謝妳啊，小姑娘。」

她一邊幫傅山餵藥，一邊欲言又止，最後還是問出口。「小姑娘，妳看這藥多少錢？我回家湊一湊還給你們。」

程稚清笑道：「不用銀子，傅大叔是我們家的救命恩人，怎麼能讓他出錢呢。藥材都是家裡有的，不用給銀子。」

傅新雅一聽連忙拒絕。「這怎麼行，銀子一定要給的。」

「真的不用，傅嬸子，我會一點醫術，他們的傷都是我治療的，我沒有去外面給別人看過病，真要收錢還真的不知道應該收多少，況且藥材都是家中有的，真的不用給銀子。」程稚清連忙解釋。

傅新雅還想說些什麼，白舒雲就進來了，程稚清馬上鬆一口氣，走到白舒雲身邊求救道：「晏奶奶，傅嬸子一定要給我們銀子，您快勸勸她。」

白舒雲臉上露出不贊同的神情。「小傅娘子，這可是妳的不對了，小傅是為了救我兒子才受傷，如果我兒子沒遇上小傅早葬身狼腹，是我們家該多謝你們才是，怎麼還能讓妳出銀子。」

傅新雅想說些什麼又被白舒雲的話給壓回去。「如果妳硬要給銀子，那我們也要算一算我這小兒子命值多少錢，好付給妳家小傅。」

本就是晏家他們指導眾人上山打獵，傅家才有後續能夠給傅山治腿的銀子，他們不過是報恩罷了，怎麼能收恩人的錢？

傅新雅猶豫一下還是答應了。「那好吧，還是麻煩你們了。」

白舒雲臉上掛著慈祥的笑。「不麻煩，一點也不麻煩。」

程稚清突然想到什麼。「對了，我剛才幫傅大叔看傷口的時候，發現他原先斷腿處沒有接好，加上今天又與狼奮戰，傷好後這條腿可能就瘸了。還有傅山大叔腦子中有瘀血殘留，現在時不時會頭疼，若瘀血遲遲不消，病情加重可能會影響視力。」她話鋒一轉。「如果你們相信我，明天把斷腿重新接一次，只不過要重新打斷，會很疼。至於瘀血的部分，我給傅山大叔開兩個療程的藥試一試。」

傅新雅一聽程稚清這麼說，立刻道：「傅山是我爹從雲山下撿回來的，帶回來的時候頭上都是血，醒來問他什麼都不記得了，傅山這個名字還是我爹起的。」她紅著眼眶心疼地看著傅山。「怎麼頭疼都不說呢？疼多久了？」

傅山心虛一笑，他根本沒想到程稚清居然這都能看出來。「也沒多久，我以為不嚴重，就沒告訴妳。」

程稚清看著兩人又要開始含情脈脈連忙阻止。「那個……你們要治嗎？」

傅新雅猶豫地看著傅山，她一聽要重新斷腿就不是很想讓傅山治療。

反而是傅山，他一臉堅定地說：「治！」

他不想以後被人說他妻子的相公是瘸子，女兒、兒子在外被人嘲笑他們爹是瘸子，更加不想失明看不見妻子和家人，畢竟他還要養家裡人，如果他看不見了，妻子、女兒可如何是好。

程稚清點點頭。「行，那我們等明天白天光線好時，再斷腿重新接骨。」

傅新雅紅著臉，局促不安問道：「小姑娘，藥費是多少，我們能不能緩緩再給？」

程稚清一臉無奈。「傅嬸子，不用給錢，我也不是靠著救人賺錢的，就是順手的事，您就當是救命之恩給的報酬，可好？」

傅新雅還想說什麼就被傅山阻止了。「那就這樣吧，多謝你們，我們就厚著臉皮答應了。」

以傅山的經驗來看，他們夫妻倆根本說不過晏家人，他們有一百種方法可以讓他們答應，不如直接接受這份好意，以後有機會再償還。

白舒雲拉著傅新雅的手。「好了、好了，現在先去吃飯吧。一會兒有人會給傅山送飯，不用管他們，我們先去吃。」

「不了，不了……已經麻煩你們太多了，我們自己回家吃就好了。」

「這怎麼行，這頓飯就是專門為你們準備的。走吧，孩子們都在等妳了。」白舒雲拉著傅新雅的手就要往外走。

傅新雅猶豫地看著傅山，傅山點了頭後，她才同意留在晏家吃飯。

傅新雅跟著白舒雲走向廳堂，傅今瑤跟在她娘身後。

傅新雅走進廳堂一看，發現她兒子已經坐上桌吃飯了。

鍾思潔見有人來了，知道是傅山的妻子，由於燈光不是很亮，對方看不清楚她的臉，她連忙解釋。「小孩容易餓，所以就讓他們先吃了……」

鍾思潔話還沒說完，隨著傅新雅慢慢走近，她也看清了傅新雅的面孔，這麼一看便愣住了，她帶著顫抖的聲音道：「新……新雅？」

傅新雅也很納悶這裡怎麼會有人知道她的名字，抬頭一看也愣住了。「思潔？」

眾人見她們似乎認識都有些好奇，不過都沒有插話，靜靜地看著她們。

鍾思潔快步走到傅新雅身邊，她有些激動居然能在這裡見到還未出嫁前最好的朋友。「新雅，妳怎麼在這裡？當初不是被判去滄州嗎？」

傅新雅也很激動，她想不通鍾思潔居然也在這裡。「我也不知道，皇帝突然下旨讓我們改道來幽州。妳怎麼回事？怎麼也在這裡？」

鍾思潔回道：「妳走了之後，不久我便與鎮國公府二公子成婚了。」她指向一邊的晏瀚海和白舒雲還有明慕青道：「這是我公公、婆婆和大嫂。」

傅新雅這才意識到他們是鎮國公和鎮國公夫人，她連忙向他們行禮卻被白舒雲拉住了。

「好了，不用多禮，如今我們也是一介平民，沒有這麼多禮數。」

傅新雅很納悶為什麼晏家會被流放到幽州，晏家可是開國的大功臣啊！

「你們……」

晏瀚海一見傅新雅如此神色就知道她想問什麼，只說了四個字。「功高震主。」

傅新雅一聽就明白了，此時氣氛頓時有些凝滯。

就在這時，晏修遠和晏修景駕著馬車回來了，他們將馬車停在院中，走進廳堂。

晏修景見家裡人都站著不說話，有些摸不著頭腦。「爹、娘，怎麼了？」

眾人的目光頓時都聚集在他身上，他見妻子和一個陌生女子拉著手，久久也沒有放開，便想看看這人是誰。

他越看越覺得眼熟，突然他想起一個人，手指著傅新雅。「妳……妳不是傅那個什麼，傅什麼來著？當初我還去送過妳。」話到嘴邊就是想不起人名。

「傅新雅。」傅新雅自己報上名字。

晏修景這才想起來。「對、對，就是傅新雅，妳怎麼在這裡？妳不是被流放去滄州了嗎？」

他當初還偷偷陪著鍾思潔，去城外送她的好姊妹傅新雅一程。

傅新雅覺得有些好笑，沒想到晏修景還是這樣。

因為鍾思潔的緣故，他們也見過面，晏修景看著就有些不著調，沒想到現在還是一樣。

程稚清在一旁已經有些餓了，她忙了一下午什麼也沒吃，弱弱地插了句話。「不然我們先坐下來，邊吃邊說吧？」

「對對對……快坐下、快坐下。」傅新雅知道晏家是好友的婆家後，也沒有那麼拘束了，她坐在鍾思潔旁邊，女兒就坐在自己旁邊。

她看向鍾思潔，臉上盡是感激。「思潔，還要多謝妳在我臨走前偷偷給我送的錢，妳也知道，我爹是御史得罪過太多人，要是沒有妳給我送的錢，我們都不知道怎麼在這裡安家。」

鍾思潔擔憂地看著她。「伯父他……還好嗎？」

「五年前走了，剛來幽州就生了一場大病，身體就不行了，為了我一直強撐著，後來撿回傅山後，看我有人照顧，孩子也有了，也享受過天倫之樂，算是喜喪吧。」提起多年前的事，傅新雅已經淡然了。

明慕青看氣氛有些沈重，便主動招呼。「快吃、快吃，菜都要涼了。」

傅新雅這才看向桌子上，一桌子的肉菜，兒子吃得津津有味，臉上寫著滿足，她不禁紅了眼眶。這些年為了給她爹治病，家裡過得拮据，她爹走了以後還要還借的銀子，她女兒、兒子都沒吃過什麼好東西。

傅新雅遲遲不動筷，看著鍾思潔。「這……這是不是太破費了？」

她已經不是那個家中有奴僕的官家小姐，她過了十幾年的窮日子，也明白這肉對於窮人家意味著什麼。

傅今瑤看著她娘沒有動筷，自己也不敢動。

鍾思潔拍了拍傅新雅的手，主動挾一筷子肉放到傅今瑤和傅新雅的碗中。

「放心吧，鎮國公府怎麼起家的，妳忘記了嗎？一點點肉而已，我姪子承平一人就能上山打一頭野豬回來，放心吃啊！」

傅新雅這才想起晏家一家子的將軍，是能夠上戰場的人物，每個都身手不凡，這才放下心來。

她吃了一口鍾思潔挾過來的肉，眼淚沒忍住落了下來，她許久沒吃上這樣的吃食，她自己都記不得了。

鍾思潔拍了拍她的背，給予她無聲的安慰。

明慕青看著吃相極好的傅安和，爽朗一笑。「傅妹子，這是妳小兒子吧？和我家的承安看著一樣大。」

傅新雅收拾好情緒，笑著應道：「對，叫安和，四歲了，我這個當娘的沒能耐給他們更好的東西，所以長得瘦弱了些。」

她看著兒子的眼神中盡是溫柔。

「我家承安才三歲，比安和還小一些，以後可要多來和我家承安玩。我家承安從前在京城身體不好都是困在屋中，來幽州倒是好了許多。」

晏承安聽到玩，立刻接聲。「我跟他一起玩玩具。」

「小哥哥比你大，要叫安和哥哥，我們以後經常邀請安和哥哥來家中做客。」

晏承安嘴角還黏著飯粒，他聽到可以經常和傅安和玩，眼睛都亮起來了，他點點頭認真地說：「好。」

眾人瞧著晏承安這副認真的模樣忍不住笑了起來。

傅安和不知道大家在笑什麼，一臉茫然地抬起頭看見大家都在笑，他也跟著笑。

白舒雲看傅安和可愛的模樣忍不住說：「剛才承淵一路把安和搶回來都沒哭呢，真是乖孩子。」

鍾思潔疑惑道：「搶孩子？」

晏承淵聽到這三個字，連忙將頭埋在飯碗中，本來以為只是自家救命恩人的妻子，誰想到會是娘多年的好友。

白舒雲笑道：「我讓承淵去請小傅一家來吃一頓飯，結果他倒好，直接把孩子搶了就跑，說這樣小傅娘子就不得不跟著來。」

鍾思潔扶額。「新雅可真是對不住啊，這是我傻兒子。我還有一個閨女，晏綺南。」她朝著晏承淵和晏綺南說道：「承淵、綺南快叫人。」

晏承淵和晏綺南拿起酒杯朝傅新雅敬了一杯酒，喊了她一聲「傅姨」。

傅新雅笑臉盈盈地應了一聲。「幸好承淵抱著安和來了，不然我都不知道妳也在村中，妳看我們都在一個村中這麼久了，竟然今天才知道對方在這裡。」

「看來這個臭小子還做了一件好事，想當初還說妳生女兒或生兒子就結親家呢，看看現在妳我兒女都這麼大了。」鍾思潔有些開心。

晏承淵聽到結親家，偷偷看了認真吃飯的傅今瑤，見她沒有絲毫反應又收回了目光。

「妳閨女跟我閨女也差不多大，以後要經常來玩啊。」鍾思潔說道。

傅新雅看著鍾思潔將她家每一個人都安排得妥妥當當，一副生怕她跑了的模樣，忍不住笑道：「都在一個村裡，可不就能時常見到了，著急什麼？」

「我不急，不急。」鍾思潔被發現了自己的心思，心虛地對她笑了笑。

——未完，待續，請看文創風1123《下堂妻幫夫改命》下

2022年11月出版

掌勺千金

文創風 1120～1121

十指不沾陽春水的嬌嬌女，
變身熱愛美食的料理達人！
不論街邊小吃，還是辦桌筵席，通通難不倒她！
千金變大廚，舞鍋弄鏟，十里飄香——

點食成金／江遙

突然穿越到小說世界裡當個千金小姐，江挽雲有點懵。
家財萬貫，貌美如花，又有個超寵她的富爹爹，
聽起來這新的人生好像不賴對吧？才怪哩——
因為她這角色，是個腦袋空空的炮灰配角呀！
爹爹死後，她被繼母剋扣嫁妝，嫁給怪病纏身的窮書生，
受不了苦日子，丟下丈夫跟人跑了，卻被騙財騙色，悽慘一生。
江挽雲畢竟是看完小說的人，自然不會讓自己落入悲慘結局，
要知道那個被拋棄的病書生陸予風，就是小說男主角，
他以後會高中狀元，飛黃騰達的呀！
所以在男女主角正式相遇前，她會做好原配夫人的角色，
照料臥病在床的男主角，以免他掛點，導致故事提早結局。
靠著一手好廚藝，她先收服陸家人的胃，再收服全家的心，
一家人齊心努力上街賣美食，脫離負債，前進富裕——
目標推廣美食！努力賺錢！爭取舒舒服服過日子！

為流浪貓狗加油 和貓寶貝 狗寶貝 廝守終生(一定要終生喔！)的幸福機會

對人來說，貓寶貝狗寶貝只是生活的一部分，
但妳（你）對牠們來說，卻是生活的全部，領養前請一定要考慮清楚——

▲ 任何角度都有型的帥哥 Jimmy

性　　別：男生
品　　種：米克斯
年　　紀：3歲
個　　性：害羞安靜、喜歡跟熟人撒嬌
健康狀況：已結紮，四合一血檢過關，預防針完成狂犬疫苗，
　　　　　體內外驅蟲完畢
目前住所：新竹縣關西鎮（關西浪巢狗園）

本期資料來源：Xin小姐

『Jimmy』的故事：

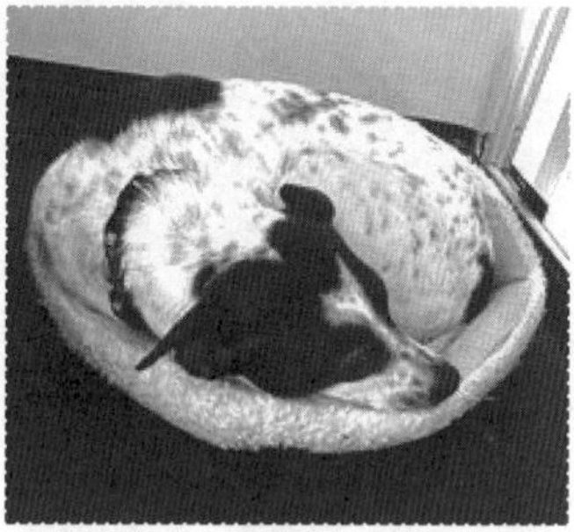

歷經三年五轉的孩子Jimmy重新找家中！瞧瞧這身乳牛似的斑紋，配上時不時露出微笑，一舉一動頗有明星的上鏡潛質，牠是電影「101忠狗」中哪一隻的後代呢？答案是，族繁不及備載，燒香問祖先才知道（笑）～～

據Jimmy的友人現身說法，牠親人親狗，不怕生，愛吃不護食，更不會亂吠，妥妥的優良模範生，不過剛到新家時，有時候會縮在角落獨處，看似缺乏安全感，其實是對新環境很茫然而無所適從喔，這時只要安靜地陪伴牠、等待牠，慢熟的孩子不是難以馴服，而是需要一點時間，一旦牠認定您，就會親暱得形影不離。

至於Jimmy的其他優點有待領養人發掘中，牠的一拖拉庫友人代表Xin小姐，提供了Line ID：0931902559，藉此窗口真心希望誠意的有緣人，快快展示您的完美認養資格，以家長身分帶Jimmy從狗園畢業！

認養資格：

1. 認養人須年滿25歲，有穩定的工作與自己的房子。
2. 不關籠、不放養、不鍊養，且具備愛心與包容心。
3. 須同意簽認養寵物切結書。
4. 須同意送養人日後之追蹤探訪，對待Jimmy不離不棄。

來信請說明：

a. 個人基本資料：姓名、性別、年齡、家庭狀況、職業與經濟來源等。
b. 想認養Jimmy的理由。
c. 過去養寵物的經驗，及簡介一下您的飼養環境。
d. 若未來有結婚、懷孕、出國或搬家等計劃，將如何安置Jimmy？

文創風
1122

下堂妻幫夫改命 上

國家圖書館出版品預行編目資料

下堂妻幫夫改命 / 樂然著. --
初版. -- 臺北市 : 狗屋出版社有限公司, 2022.12
冊 ; 公分. --（文創風 ; 1122-1123）
ISBN 978-986-509-381-5（上冊 : 平裝）. --

857.7　　111018680

著作者　樂然
編輯　黃鈺菁
校對　沈毓萍
發行所　狗屋出版社有限公司
地址　台北市104中山區龍江路71巷15號1樓
電話　02-2776-5889～0
發行字號　局版台業字845號
法律顧問　蕭雄淋律師
總經銷　知遠文化事業有限公司
電話　02-2664-8800
初版　2022年12月
國際書碼　ISBN-13　978-986-509-381-5

本著作物由北京晉江原創網絡科技有限公司授權出版

定價270元
狗屋劃撥帳號：19001626
網址：love.doghouse.com.tw　E-mail：love@doghouse.com.tw